越读越聪明书系

让男孩
拥有**男子汉气质**
的62个故事

徐井才◎主编

新华出版社

U0606926

图书在版编目（CIP）数据

让男孩拥有男子汉气质的 62 个故事/徐井才主编.
—北京：新华出版社，2012.12（2023.3重印）
（越读越聪明书系）
ISBN 978—7—5166—0214—0—01

Ⅰ.①让…　Ⅱ.徐…　Ⅲ.①男性—修养—青年读物
②男性—修养—少年读物　Ⅳ.①B825—49

中国版本图书馆 CIP 数据核字（2012）第 288510 号

让男孩拥有男子汉气质的 62 个故事

主　　编：徐井才

封面设计：睿莎浩影文化传媒　　　　责任编辑：沈文娟

出版发行：新华出版社
地　　址：北京石景山区京原路 8 号　　　邮　　编：100040
网　　址：http://www.xinhuapub.com
经　　销：新华书店
购书热线：010—63077122　　中国新闻书店购书热线：010—63072012
照　　排：北京东方视点数据技术有限公司
印　　刷：永清县晔盛亚胶印有限公司
成品尺寸：165mm×230mm
印　　张：12　　　　　　　　字　　数：160 千字
版　　次：2013 年 3 月第一版　　　印　　次：2023年3月第三次印刷
书　　号：ISBN 978—7—5166—0214—0—01
定　　价：36.00 元

第一章 志向远大是男子汉必备的气概

第二章 自强不息是男子汉必备的品行

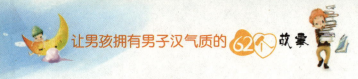

第三章 自信乐观是男子汉的做事态度

第四章 坚定执著是男子汉应有的品质

第五章 勇于承担责任是男子汉成熟的标志

第六章 坚强勇敢是男子汉应具备的性格

第九章 心中有爱是男子汉应有的人生态度

第十章 勇于创新是男子汉前进的动力

第一章
志向远大是男子汉必备的气概

◀ 以前的我

从小妈妈就经常问我，长大了要做什么。

我究竟会成为一个什么样的人呢？

我一直都不知道自己将来应成为什么样的人。

◀ 现在的我

即使不能成为伟人，我也要做一个成功的人。

我要努力学习，为以后获得成功做好准备。

以前的我

我满怀期待地等待老师宣读考试成绩。

我是班级的第45名，我很满足。

现在的我

下一次考试，我要争取前进10名。

我高兴地将进步奖交给妈妈看。

以前的我

在主题班会上，小伙伴们都畅谈自己的理想。

当小伙伴们谈论各自的理想时，我很茫然。

现在的我

我要成为一个对社会有贡献的人。

我想象长大以后的我在为社区的人义务出诊的情景。

3

以前的我

长大后，还是让爸爸妈妈养我吧。

我发现即便大学毕业生，有时找工作也很难。

我从来都没想过工作的问题。

现在的我

我意识到依靠父母的力量是不对的。

我要依靠自己的能力，做一个事业成功的人。

我的成长计划书

志向远大是男子汉必备的气概

　　每次遇到《我的理想》这一类的作文题时，我总是很头疼。因为我对于自己的未来实在是很茫然，我没有自己的偶像，也没有自己的目标，那些远大的理想让我觉得太遥远。但是，现在我明白了：理想是一个人奋斗的目标，也是勇气和力量的来源，只有树立了远大的理想，我才能为自己描绘出一幅美好的未来图画。所以，从今天开始，我要成为一个拥有远大志向的男子汉！

1. 我选择了周恩来总理作为自己的偶像，并立志向他学习。

2. 我为自己制订一个详细的计划书，每天按照计划学习。

3. 每一天晚上检查自己有没有进步，是否完成自己的计划。

4. 在上学期间，我争取让自己的名次保持在全校前10名。

5. 我会和小伙伴谈论理想，并约定互相监督，努力实现自己的理想。

6. 我要经常阅读一些伟人的奋斗故事，并铭记在心，激励自己。

在音乐厅里拉琴

有一个年轻人，他非常热爱音乐，简直是如痴如醉。钢琴、笛子样样行，小提琴拉得尤其好。他刚移民到英国时，身无分文，为了解决生存问题，他与一位黑人琴手结伴在一家商业银行门口卖艺赚钱。由于那家银行每天进进出出的人很多，他们的琴又拉得好，所以，生意还不错。

过了一段时间，他赚到了不少钱。这一天，他对那位黑人琴手说："老兄，我要走了，因为我一直梦想进入大学进修，我想成为首席小提琴手，那是我妈妈对我的期望。"此后，他将全部的精力都投入到提高音乐素养和琴艺上，从不退缩，从不放弃，即使在最艰苦的日子里，他也没有后悔自己的选择，咬牙挺过去了。

10年后，他偶然路过那家银行，发现黑人琴手仍在那最赚钱的地盘上拉琴。他还是10年前的模样，一把琴、一个琴盒摆在眼前，在路边拉着平凡的曲子给过路的人听，那些人听得高兴，便会扔下几美分作为给他的奖励。黑人琴手再次见到他，显得非常高兴，问："老兄啊，你现在在哪里拉琴啊？"

他回答了一个著名的音乐厅的名字，黑人琴手点点头，说："嗯，不错，那家音乐厅的门前也是个赚钱的好地盘。"

黑人琴手哪里知道，他的伙伴并不是一个甘于沉寂的人，他喜欢音乐，喜欢小提琴，所以对他来说那是一个梦想，他梦想有一天可以站在音乐厅为所有的人演奏。在这个梦想督促之下，他一直都在努力，虽然在路边做一个琴手可以让他暂时养活自己，但是他又怎么会满足于此呢？

在经过了持久的努力之后，他一边拉琴谋生，一边学习，努力提高自己，终于成为了剑桥大学音乐系的一名学生，在一位具有很高声誉的音乐家门下勤学苦练，深得那位

泰格·伍兹

伍兹孩童时就表现出了非凡的高尔夫天赋，他3岁时就击出了9洞48杆的成绩，5岁时又上了《高尔夫文摘》杂志。他在18岁时成为了最年轻的美国业余比赛冠军，并在1996年密尔沃基公开赛中转入职业选手行列，最终获得第60名。而此后的8次比赛中，他2次夺魁，另外还有3次进入前10名。在接下来的一年中，年仅21岁3个月15天的他以创纪录的12杆优势称雄美国大师赛，成为了奥格斯塔最年轻的冠军。

音乐家的欣赏。在大学中，虽然他的生活很清苦，但是他还是坚持下来了，因为那个站在音乐厅演奏的梦想让他无法停下自己的脚步。

而如今，他已经是一位国际知名的音乐家了，他是被那家著名的音乐厅邀请来演奏的。

这就是梦想的力量，一个为了梦想而不断前进的人，他的终点必然是他的那个梦想。因为这个梦想的召唤，他不会在路上停留，他的眼里只有前方那个值得他为之付出的舞台。

成长课堂

你今天的生活就是你昨天的梦想。也可以说，有什么样的远大梦想，就会有什么样的生活。但是，每一个梦想都是需要付出努力的，你要用热情铸就梦想的翅膀，用汗水跨越梦想的距离。

男子汉宣言

我要为实现自己的理想，刻苦学习，努力付出！

穷孩子的环球梦

在美国，有一群贫穷的孩子，他们从未离开过自己生活的小镇。可是他们却有着一个梦想：周游世界。他们时常为这个伟大的梦想激动不已。

当然，要完成这样一个壮举，对于这群还要靠救济生活的孩子来说，简直是天方夜谭。但是，他们却没有放弃，他们想出了一个办法，那就是：在报上刊登募捐广告以筹集旅费。然而，高达12000美元的广告费从哪里来？孩子们仍然没有放弃自己的愿望，他们开始寻找所有力所能及的杂活。有的孩子去给人洗车，有的孩子去街头卖报，有的孩子到处卖花。总之，他们一美分一美分地为实现梦想而挣钱。

这样的生活是艰苦的，但是同样也充满了快乐。每当想到自己在为一个伟大的环球梦想而努力工作，孩子们的心里就充满了快乐，似乎那个梦想马上就要实现了一样。

当地媒体第一时间报道了这群穷孩子的壮举，他们是那么坚强而快乐，虽然做的工作充满了艰辛，但是看到的却都是他们的笑脸。这种精神感动了无数的人，他们为梦想而勇敢前进的力量，也感召着很多人为自己的梦想去付出。

终于，篮球名将迈克尔·乔丹得知后，为之深深感动，于是他就以圣诞老人的名义给这群孩子寄来了一张12000美元的支票。

广告终于刊登出来了，由于这则广告是这群孩子们用心设计的，结果立刻引起了各界人士的反响，大街小巷里，人们都在传阅着这一份特别的广告，那是一群孩子为了实现他们的梦想而走出来的脚印，每一个人都被这种坚强感动了。

孩子们收到了来自世界各地的8000多封信，并且每天都有好心的捐款人出现。更让人热血沸腾的是，就连总统都亲自来信慰问孩子们，并邀请他们去白宫做客！于是很快地，孩子们筹够了旅费，他们终于可以实现自己的梦想了。回想当初，曾经因为害怕不能实现而不敢去想，可是当他们有了梦想并坚强地向前走去，才知道了

男孩卡片

迈克尔·乔丹

　　迈克尔·乔丹是公牛队中的"巨无霸"，全球最红的篮球巨星。在1996年美国《生活》周刊评选的战后一代美国最杰出的50位人物中，乔丹排名第9，而克林顿也不过排名第3，比尔·盖茨也只是第7。1993年10月6日，已经成为"篮坛天王"的迈克尔·乔丹突然宣布退役，这个爆炸性的消息令世界为之震惊。耐克公司的股票因此而降到了52周以来的最低点，与乔丹签约的美国广播公司(NBC)收视率也大受威胁，全世界的球迷都在为之叹息甚至落泪，没有人想到他会在最巅峰的时刻选择离开。

梦想的实现并不是全部都是艰辛，只要你勇敢地迈出第一步，就会发现原来它并不遥远。

　　我们难以想象，一个心志不高的人，一个没有远大目标的人，一个连一张蓝图都没有的人，能够创造出什么奇迹！也许，在许多年之后，我们当初的梦想最终并没有成为现实，但有一点是毋庸置疑的，那就是你曾经为你的梦想而激动！不要担心你做不到，就怕你想不到，或者根本没想过。

成长课堂

　　梦想给人力量，梦想让人变得创意非凡，梦想也让人勇敢。正是因为有了梦想的力量，穷孩子们想出了各种各样的办法，他们的勇气在这个过程中得到了展现，他们的智慧也在这个过程中得到了表达，为梦想而努力的人，是最勇敢的人。

男子汉宣言

　　从梦想中汲取力量，我要勇往直前。

超越自己的偶像

一个生长于旧金山贫民区的小男孩儿，从小因为营养不良而患有软骨症，在6岁时双腿变成"弓"字形，小腿严重萎缩。然而在他的幼小心灵中，一直藏着一个除了他自己没人相信会实现的梦——那就是有一天他要成为美式橄榄球的全能球员。

他是传奇人物吉姆·布朗的球迷，每当吉姆所在的克里夫兰布朗斯队和旧金山四九人队在旧金山比赛时，这个男孩儿便不顾双腿的不便，一跛一跛地到球场去为心中的偶像加油。由于他穷得买不起票，所以只有等到全场比赛快结束时，从工作人员打开的大门溜进去，欣赏最后的几分钟。

13岁时，有一次他在布朗斯队和四九人队比赛之后，在一家冰激凌店里终于有机会和偶像面对面地接触，那是他多年来期望的一刻。他大大方方地走到这位大明星的跟前，说道："布朗先生，我是你最忠实的球迷！"

吉姆·布朗和气地向他说了声谢谢。这个小男孩儿接着又说道："布朗先生，你晓得一件事吗？"

吉姆转过头来问："小朋友，请问是什么事呢？"

小男孩儿一副自若的神态说道："我记得你所创下的每一项记录、每一次的布阵。"

吉姆·布朗十分开心地笑了，然后说道："真不简单。"

这时，小男孩儿挺了挺胸膛，眼睛闪烁着光芒，充满自信地说道："布朗先生，有一天我要打破你所创下的每项记录！"

听完小男孩儿的话，这位美式橄榄球明星微笑地对他说道："好大的口气。孩子，你叫什么名字？"

小男孩儿得意地笑了，说："布朗先生，我的名字叫奥伦索·辛浦森，大家都管我叫O.J.。"

布朗说："我们会成为什么样的人，会有什么样的

成就，就在于先做什么样的梦。"

奥伦索·辛浦森日后的确如他少年时所说的，在美式橄榄球场上打破了吉姆·布朗所写下的所有记录，同时更创下一些新的记录。

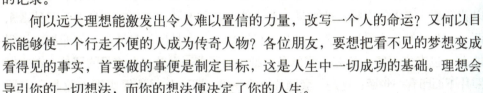

迈克尔·舒马赫

迈克尔·舒马赫1987年参加卡丁车大赛并获得冠军，开始了其职业赛车生涯。作为F1中最年长的车手，获得7次F1冠军。1991年8月25日第一次参加比赛，2006年9月10日退役。美国著名短跑运动员迈克尔·约翰逊说："与所有统治了某项运动的运动员一样，舒马赫的成功归于三个因素：很高的天分、努力工作做到最好和拥有找到成功之路的智慧。想要成功，就要永远尽力达到极限，而不是仅仅比其他人做得更好。舒马赫早就知道他比其他人更强大，但是他认为自己还应该做得更好。我想这就是他的动力。"

何以远大理想能激发出令人难以置信的力量，改写一个人的命运？又何以目标能够使一个行走不便的人成为传奇人物？各位朋友，要想把看不见的梦想变成看得见的事实，首要做的事便是制定目标，这是人生中一切成功的基础。理想会导引你的一切想法，而你的想法便决定了你的人生。

成长课堂

在生活中，有不少人缺乏远大的理想。他们就像地球仪上的蚂蚁，看起来很努力，总是不断地在爬，然而却永远找不到终点，找不到目的地。同样，在生活中没有理想，努力没有方向，也会使你白费力气，得不到任何成就与满足。

男子汉宣言

我相信奇迹的存在，但首先我必须付出倍于常人的努力，才可以看到它的光辉。

想成为主编的包克

享誉国际的《妇女家庭》杂志的主编爱德华·包克从小就就沉浸在一种梦想中：总有一天他要创办一种杂志。

由于他为自己树立了这样的大目标，他的所有一切奋斗都开始围绕着这个目标而展开了。他努力学习文字，锻炼自己的写作能力，平时也热衷于阅读报刊杂志，把自己的所学运用到实践中去。因此，他就能够抓住一个机会，也许这个机会实在是微不足道的，以致我们大多数人都会任其过去，不屑理睬。

事情是这样的：有一次，他走在路上，思索着最新出版的一本杂志为什么可以获得那么多人的青睐，他如果办杂志的话，需要从这本新杂志身上学习什么东西。这个时候，他看见一个人打开一包纸烟，从中抽出一张纸条，随即把它扔到地上，包克弯下腰，拾起这张纸条。纸上面印着一个著名女演员的照片，在这幅照片下面印有一句话：这是一套照片中的一幅。烟草公司敦促买烟者收集一套照片，包克把这个纸片翻过来，注意到它的背面竟然完全是空白。

像往常一样，包克感到这是一个机会。他敏感地觉得自己可以为烟草公司做

一点事情。他推断：如果把附装在烟盒子里的印有照片的纸片充分利用起来，在它空白的那一面印上照片上的人物的小传，这种照片的价值就可大大提高。

于是，他就走到印刷这种纸烟附件的平板画公司，向这个公司的经理说明他的想法。这位经理立即说道："如果你给我写100位美国名人小传，每篇100字，我将每篇付给你10美元。请你给我送来一张名人的名单，并把

它分类。"

这就是包克最早的写作任务。他的小传的需要量与日俱增，以致他得请人帮忙。他于是要求他的弟弟帮忙，如果他的弟弟愿意帮忙，他就付给他每

男孩卡片

姚明

姚明被公认为是美国职业篮球联赛最全面的中锋。他的身高是一个显著的优势：他可以轻松地在防守队员头上投篮。作为一个高个子球员，他的篮球基本功和传球技能相当优异，球场视野和赛场感觉十分出色。一些人批评他在场上缺少气势并且体力不够充沛。但是，姚明却被公认为非常有团队精神，他经常放弃自己投篮的机会而传球给队友。相比其他球星队友来说，他的投篮次数并不高，因此，也就限制了他平均每场的分数。他的投篮命中率是令人印象深刻的，在2004-2005赛季，他的投篮命中率在全NBA排名第三。

篇5美元。不久，包克还请了5名新闻记者帮忙写作小传，以供应一些平板画印刷厂。

于是一切开始慢慢开展起来，包克的工作量越来越大，他不得不去雇佣更多的人，当然他的财富积累也越来越多，直到他有了雄厚的实力之后，他创办了《妇女家庭》杂志，并把它推荐给每一位家庭主妇，而它受到了所有人的欢迎。包克终于达成了他从小的志愿。

成长课堂

为了实现自己的愿望，需要我们付出不断的努力。全力以赴地做事，需要坚定的决心和顽强的意志。一个人要想干好一件事情，成就一番事业，就必须心无旁骛、全神贯注地投入。

男子汉宣言

只有对一件事情充满热忱，才能激发最大的潜能，实现自己的远大目标！

小普京的理想

俄罗斯总统普京小时候非常聪明，他品学兼优，而且经常有一些和其他小朋友不同的想法。

有一次，老师在黑板上写了一个作文题《我的理想》。同学们写出自己的理想：有想当科学家的、有想当作家的、有想当工程师的、有想当农艺师的、有想当教师的、有想当军人的、有想当工人的，而普京的脑海里，却有自己不同寻常的独特思考。

平时，小普京非常喜欢读《盾与剑》杂志，对里面描写的"克格勃"产生了浓厚的兴趣。从杂志上他知道了在第二次世界大战中，由于"克格勃"准确地截取了敌人的情报，使苏军取得了一次次巨大的胜利……他想：很小的时候，父亲就教育我要做一个对国家和人民有所贡献的人。老师也经常教育我们要好好学习，报效祖国和人民。而我应该怎样去报效祖国和人民呢？做一名出色的间谍，用我的牺牲去换取祖国和人民的胜利，这不是非常有意义吗？

于是，小普京在他的作文本上毫不犹豫地写道："我的理想是做一名间谍，尽管全世界的人们对这个名字都不会有任何好感，但是从国家的利益、人民的利益出发，我觉得间谍所做的贡献是十分巨大的……"在这篇作文中，普京还列举了一个苏联名间谍的英雄事迹，论述了在苏美对峙的冷战时期间谍的重要作用。

当老师打开小普京的作文本时，不禁又惊又喜，连声赞叹他"年纪不大，志向不凡"。

后来，在一次参观"克格勃"大楼之后，普京走进了"克格勃"列宁格勒局的接待室。一位工作人员听了他的要求后，对他说："你的想法很好。但是，

男孩卡片

刘翔

刘翔是中国运动员的骄傲，他在雅典奥运会上以12秒91的成绩平了由英国名将科林·杰克逊保持的世界纪录。这枚金牌是中国男选手在奥运会上夺得的第一枚田径金牌，书写了中国田径新的历史！他被认为是国内最出色的运动员之一。曾获奖项包括一枚奥运会金牌(2004雅典)、六枚世锦赛奖牌和两枚亚运会金牌，并曾打破世界纪录(成绩12秒88)，是110米跨栏史上第一位同时集奥运会冠军、世锦赛冠军、世界纪录创造者(现已被破)于一身的选手。

我们不接受主动来求职的人，只接受服过兵役或者大学毕业的人。"

听到这些话，普京虽然有些失望，但是当他回到家里冷静下来，他发现自己原来还拥有机会。于是，他开始认真规划起自己的路线，想要成为一名间谍首先需要做的就是让自己达到他们的录取条件，成为他们中的一员。

于是，1970年18岁的普京中学毕业，以优异的成绩考入了列宁格勒国立大学法律系。在这里，他努力认真地学习，而1975年，他大学一毕业就从事对外情报和国外反间谍工作，实现了自己"做一名间谍"的理想。

成长课堂

年纪不大的普京从小就为自己找到了伟大的理想，这个理想来自于他对祖国、对人民的热爱之情，并且不断指引他在人生之路上奋进。普京也用自己的实际行动实现了伟大的理想。

男子汉宣言

为了自己的理想，我每天都要不断地努力。

想飞就能飞起来

拿破仑曾经说过："一个人能飞多高，并非由人的其他因素决定，而是由他自己的心态所决定。假如你对自己目前的环境不满意，想力求改变，则首先应该改变你自己。"

在拿破仑还是一个单纯的小朋友时，一次偶然的机会中，他的叔叔问拿破仑，将来长大想要做什么？拿破仑在听叔叔这样问他之后，马上滔滔不绝地发表了心中构想已久的伟大抱负。

小拿破仑从他立志从军开始说起，一直说到想带领法国的雄兵，席卷整个欧洲，建立一个前所未有的超级大帝国，并且让自己成为这个大帝国的皇帝。

不料，叔叔听完小拿破仑的抱负之后，当场大笑不已，他觉得小拿破仑一定是发烧了，指着小拿破仑的额头，嘲讽道："空想，你所说的一切全都是空想！想当法国皇帝？那是不可能的！依我看，你长大之后，还是去当一个小说家，反倒更容易实现你的皇帝美梦。"说着，叔叔甚至夸张地把桌子上的书拿起来，一边拍着桌子一边大笑起来。

小拿破仑被叔叔这一阵抢白，他知道叔叔是不相信自己可以做到那一切，但是他非但没有动怒，反而静静地走到窗前，指着远处的天边，认真地问道："叔叔，你看得到那颗星星吗？"这时还是正午时分，拿破仑的叔叔诧异地走到窗前，茫然地答道："什么星星？现在是中午，当然看不到啊！孩子，你该不会是疯了吧？"再次面对叔叔的质疑，小拿破仑却是依然镇定而冷静地说道："就是那颗星星啊！我真的看得到，它依然高挂在天边，不分日夜，一直为了我而闪烁着，那是属于我的希望之星；只要它存在一天，我的梦想就永远不会破灭。"

小拿破仑望着窗外的天空，他的目光

是那样地坚定，以至于他的叔叔不再敢发出一点笑声，他忽然发现这个小侄子有种很特别的力量。

事实上，那颗希望之星从未高悬天际，它一直躲藏在拿破仑的内心深处，那就是他的理想，伟大的理想。从此，他拥有了飞向天空的翅膀。从此，他开始为他的理想而奋斗。他从小开始接受良好的法国教育，并进入炮兵学院学习，以后渐渐地显露其军事才能，最终建立了他理想中的帝国。

永远相信自己，想飞就能飞起来。也许你没有一双翅膀，但你的理想会使你生出双翼！

成长课堂

　　拿破仑能取得如此丰硕的成就，在历史上被浓墨重彩地描写，与他从小便拥有如此远大的志向有着密切的联系。一个远大的梦想，就好像拿破仑看到的那颗星星一样，在遥远的地方为我们引路，让我们可以一步步朝成功迈进。

男子汉宣言

只要有梦想，任何时候都可以启程！

用远大的志向 引导自己

　　美国的罗杰·罗尔斯是纽约州历史上第一位黑人州长。他出生在纽约环境肮脏、充满暴力而且是偷渡者和流浪汉聚集地的大沙头贫民窟。那里声名狼藉，据说在那里出生的孩子由于耳濡目染，并没有几个在长大后从事什么体面职业的。因为他们从小就学会了逃学、打架，甚至是偷窃和吸毒。然而，同样是在这里出生的罗杰·罗尔斯却成了后来纽约州的州长，这还得感谢他们当时学校的董事兼校长皮尔·保罗先生。

　　当年，这个校长发现，这些孩子甚至比当时最为流行的"迷茫的一代"还要无所事事。他们上课不与老师合作，也经常不去上课，每天除了打架就是和老师作对，甚至还会砸烂教室里的黑板。皮尔·保罗先生尝试了好多办法来改变这种现状，却始终无济于事。不过校长在和他们接触了一段时间后，发现这些孩子都有一个共同的特点，就是非常迷信，只要是有关于迷信这方面的东西，他们都深信不已。

　　于是皮尔·保罗抓住这个特点，在他上课的时候给学生们看手相，并用这个办法来引导学生。

　　终于轮到罗杰·罗尔斯了，当他把肮脏的小手递给校长的时候，校长很兴奋地拉着罗杰·罗尔斯的手说："我一看你修长的小拇指我就知道，将来你是纽约州的州长。"罗杰·罗尔斯被惊呆了，从出生一直到现在，还没有谁给过他这么高的评价，唯一的一次就是他奶奶说他能当个船长，不过比起纽约州的州长来说，简直是小巫见大巫。

　　于是，在以后的生活里，小

罗尔斯的心情顿时开朗了许多，对生活也充满了希望。他的衣服也不再是沾满泥土，说话也不再夹带污言秽语了，甚至在走路的时候也

徒步三峡

　　三峡是万里长江一段山水壮丽的大峡谷，为中国十大风景名胜之一。它西起重庆奉节县的白帝城，东至湖北宜昌市的南津关，由瞿塘峡、巫峡、西陵峡组成，全长193公里。它是长江风光的精华，神州山水的瑰宝，古往今来，闪烁着迷人的光彩。长江三段峡谷中的大宁河、香溪、神农溪的神奇与古朴，使这驰名世界的山水画廊气象万千。三峡的一山一水，一景一物，无不如诗如画，并伴随着许多美丽动人的传说。

有意无意地挺直了腰杆，始终都以一个纽约州未来州长的身份要求自己。

　　功夫不负有心人，在51岁的那一年，罗杰·罗尔斯成功地成为了纽约州的第一个黑人州长。

　　当渴望成功，有了成功的欲望和意念的时候，人们才会去思考、去进步。当这种欲望和意念成为潜意识的时候，我们所有的思考和行为就都会配合它，朝着自己的目标前进。

成长课堂

　　一个生长环境恶劣、整天无所事事的黑人孩子，后来竟然成为美国第一个黑人州长，创造这一奇迹的除了校长的鼓励，最重要的应是罗尔斯拥有的远大志向。当我们确定了自己的前进方向，就会为之而努力奋斗。

男子汉宣言

　　当我处于迷惘状态时，我要用自己的理想鼓舞自己，继续前进！

口吃的孩子也能当演说家

　　小丘吉尔出生于一个贵族世家，家庭条件很优越，在当地享有很高的名望。但是，小丘吉尔似乎一点都没有继承那个家庭的高贵血统，他呆头呆脑的，上课的时候总是不知道在想什么。

　　这还不算，小丘吉尔还有口吃的毛病。在班上他的成绩永远是最差的，可是他从来都不在乎。这让老师很讨厌他。一天，老师发现在教室角落里的小丘吉尔又不知道在想什么。于是，老师很生气地问："丘吉尔，你在干什么？"可是小丘吉尔似乎沉浸在自己的世界里，根本没有听到老师在叫他。

　　老师更生气了，他走到小丘吉尔面前，气愤地拍着桌子："如果你还不回答我，我就把你赶出去。"小丘吉尔惊慌地站了起来，但还是什么都没有说。

　　老师发怒了，大喊着："你把你父亲的脸都丢光了，将来你只能做个可怜的寄生虫。""不，我我我……我要做……做个……演讲讲讲家。"小丘吉尔的话还没有说到一半，同学们就"哈哈哈"地大笑起来。

　　放学的路上，一群同学追了上来，他们围住小丘吉尔，嘲弄地对他喊："讲话都讲不全，还想当演讲家？""做梦去吧！"

　　小丘吉尔想辩解几句，但自己就是说不出来，他开始着急，结果越是着急越是说不出来，他涨红了脸。

　　同学们嘲弄够了，就一哄而散，转眼间就剩下了小丘吉尔自己在空荡荡的路上。他努力地忍着，不让泪水流下来，小拳头攥得紧紧的。

回到家里以后，父亲看到儿子很是惊讶：小脸绷得紧紧的，和他说话也不理。父亲急忙跟在后面问，最后被问得急了，小丘吉尔终于开口了："我……我……我要当……当演讲家。"儿子甩下这句冷冰冰的话就回自己屋子里了，任凭谁去敲门都不开。

屋子里，小丘吉尔对着墙上的那面大镜子，开始练习说话。他把每个单词的音节都一个音一个音地读，然后连起来读出整个单词，最后再一个字一个字地纠正。练习了一段时间以后，他就开始把几个单词放在一起连着读，一直到最后，他把整个句子连起来读。

从那天开始，他像换了个人似的。他不再害怕同学们的嘲笑，在课堂上主动要求起来朗读课文，尽管还是会口吃，读得也不连贯，但是，小丘吉尔在努力。回到家里，他就对着镜子大声地一遍一遍地说话，直到最后，他能够很连贯地说一个句子，甚至一大段话。后来，他还背诵了大量的著名的演讲词。

功夫不负有心人。小丘吉尔终于取得了极大的进步，在同学和老师的面前展露了他幽默风趣的口才。

这个口吃的孩子，后来竟然成为了英国的首相，在第二次世界大战中用他那富有激情的演讲鼓舞了千千万万的人。

成长课堂

一个口吃的孩子要成为一个演讲家，这不是天方夜谭，而是真实的事例。丘吉尔用自己的努力，告诉我们：不管自身条件多么不好，我们同样可以抱有远大志向，并通过努力使之变成现实！

男子汉宣言

虽然我身上存在着很多缺点，但我一样可以实现自己的理想！

人穷  志不短

在一间破旧房屋里住着一位贫穷的母亲和一位瘦弱的小男孩儿。这个男孩儿叫费雪。

因为穷，小费雪常常会饿肚子，可是他从来不对母亲说，母亲为了能使他和别的小孩子一样读书，已经很辛苦了。每当母亲觉得让他吃了苦，看着他叹气时，他就说："妈妈，我有的是力气，我可强壮呢！"没有了爸爸，他得做男子汉，怎能让母亲受委屈！

小费雪在一所普通的市立小学就读。他是班里最穷最瘦弱的学生，可也是全年级最聪明最勤奋最优秀的学生。人人都不能看不起他，只有一个势利的自然课老师和几个功课极差的富家子歧视费雪。费雪也瞧不起他们，有几个钱又算什么？可是，有一次在自然课的课堂上，他和老师发生了争执，那一次争吵令他终生难忘。自然课被排在上午的最后一堂，费雪受了一个上午的寒冷，到了第四堂课，肚子里本来就少得可怜的早餐现在早消耗尽了，他坐在那里瑟瑟发抖，但他仍很专心听课。

老师从门口走进来，满教室巡视一遍，当他的目光落到费雪的身上，立刻表现出十分厌恶。费雪知道老师此刻的眼神，他不抬头。他想："这下他可要得意了，以为我开始害怕他了呢！"上课了，费雪才抬起头来看黑板，可讲不到几句，老师忽然冲着费雪大叫一声："喂！你在那里晃动什么？"费雪瞪大了眼睛，刚想开口回答，吼声又响起："说你呢，瞪我干什么？""先生，我……我只是有些冷，我并没有晃。"费雪好声好气地回答他，对于瞧不起他的人，他一向坚持忍让的态度。

"你母亲难道不管你？倒也是，一个洗衣工能干出什么好事来。"自然课老师一脸厌恶地骂着。

"先生，我的母亲对我很好。"费雪不卑不亢地说，其实心中早已万分愤怒：一个老师，再讨厌学生也不能当众侮辱他的父母吧！自然课老师气极了，重重地拍了一下桌子，"你如果再晃动，就给我到外面去！""先生我没有犯错误，我不需要站出去！"费雪讲得字字有力。

接下来费雪想到的问题只是怎样才能让自己暖和起来而不让母亲知道。费雪找了妈妈的一件工作服，看了看，想着穿上它也许会好些。趁着妈妈睡着了，他穿在身上，工作服虽大，但这样暖和多了。他爬上床睡觉去了。

从那之后，费雪每天都更加勤奋地学习，他的自然课一天比一天学得好，终于有一天，这位老师改变了对费雪的歧视态度，对他说："你是好样的！"

上了中学，费雪一如既往地热爱生物课。现在，他已不只是上学，他还要打工——一份送报的差使，以帮助妈妈，他还研究一些高年级才能学到的问题。他遇到了一位欣赏他的好老师，帮助他学到了更多的东西，他还上了大学。在大学里，他有幸遇上一位化学家，并与他一起进行科学研究。

1902年，费雪获得诺贝尔化学奖金，这位穷人的孩子终于获得了成功！

成长课堂

小费雪用自己的勤奋努力，改变了老师的看法，也引发了自己对自然科学的热爱之情，最终成为世界知名的科学家。无论多么贫困的生活环境，都不能改变每个人要树立远大志向、成就梦想的决心。

男子汉宣言

不管周围的环境多么恶劣，都不会动摇我奔向梦想的脚步！

与降落伞结缘的卢诺尔曼

卢诺尔曼是法国人，他在很小的时候就想象要发明降落伞。他的家在城市的近郊，那里风景秀丽。在他家附近有一座高塔。那还是在他很小的时候，卢诺尔曼常和一些小伙伴们到这座高塔上玩儿。他们折一些纸飞机呀、小鸟啊，带到塔上放飞。他们看到自己的杰作从塔上飞下来，有说不出的成就感。

一次，站在高塔上，卢诺尔曼突然很认真地说："要是我也能像小鸟那样在天空中展开翅膀自由自在地翱翔，那该有多好啊！"卢诺尔曼长大一些后，那个想"飞"的梦想还一直在他的脑子里萦绕着，挥之不去。

你知道，他是如何实现小时候的梦想的吗？

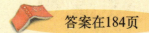

答案在184页

《远离噪音的办法》答案：

雅克走出来对那三个小孩子说："如果你们每天都来踢易拉罐，我将每天给你们每人一英镑。"三个孩子很高兴，更加卖力地表演"足下功夫"。三天后，他又说："通货膨胀减少了我的收入，从明天起，我只能给你们每人1先令了。"孩子们显得不大开心，但还是接受了老人的条件。他们每天继续去踢易拉罐。一周后，老人又对他们说："最近我没有收到养老金支票，对不起，每天只能给你们5便士了。"孩子们气得脸色发青，转身离开了。从此以后，老人又过上了安静的日子。

第二章
自强不息是男子汉必备的品行

以前的我

老师布置了一道有些难的数学题。

怎么这么难啊，我还是放弃算了……

我郁闷地望着面前繁杂的作业题。

现在的我

虽然很难，但我仍然努力做题。

终于算出来了，我高兴得将书扔了起来。

以前的我

天哪，妈妈和爸爸都下岗了，该怎么办！

爸爸妈妈坐在餐桌前唉声叹气。

我躺在床上望着屋顶发呆。

现在的我

完成作业后，我帮妈妈做家务。

妈妈看着我，欣慰地笑了。

以前的我

同学将数学试卷递给我。

这样的成绩，还学什么啊，我真的太笨了……

我拿着只有20分的数学卷子。

现在的我

每天，我都坚持做一个小时的数学题。

经过努力学习，我数学考试得了满分。

以前的我

课堂上，我摇头晃脑地听着Mp3。

家里早就安排好我的将来，我也不要努力读书了。

我无聊地走在大街上。

现在的我

我独自完成了任务，依靠自己的力量做事真好。

我要靠自己的努力打造未来。

我的成长计划书

自强不息是男子汉必备的品行

　　和周围那些优秀的同学相比，我总认为，自己不如他们是有各方面的原因的，譬如说：我可能天生就不够聪明，我的学习条件太差，书桌太小导致我不能好好看书……现在想起来，那些只是我为自己找的借口而已。一个真正的男子汉，就是要有战胜任何困难的勇气，发扬自强不息的精神，努力成为一个优秀的小男子汉！

1. 我的书桌很小，但是它不会影响我的学习，我要克服这个困难，努力读书。

2. 外面的噪音容易让我分神，所以读书的时候我要关好窗户，不受环境影响。

3. 爸爸辅导我学习时，我建议他不要告诉我答案，让我自己去思考。

4. 冬天的早晨要早起真的好痛苦，但是我要求自己闹钟一响就起床晨读。

5. 虽然风雨很大，但是不能成为我不去学校上课的理由，我要坚持去学校。

我和我追逐的梦

1980年8月29日，我出生在香港的一个明星家庭——父亲谢贤是著名演员，母亲狄波拉则是港姐冠军。刚出生还没睁开眼睛的我，就被香港一家杂志拍了封面。这或许已经注定了我这一生中都将比普通人面临更多的关注。

我是一个很麻烦的小孩儿，一直都是事情不断。小学三年级时，父母把我送到加拿大，希望我在陌生的环境中能够变得懂事。但不久我就因为打架被迫转了学。后来，我又回到香港，进入香港国际学校继续学习。然而，在这所学校我也没待多长时间。退学后，整天无所事事的我花了99美元在二手乐器店买了一套架子鼓，将心底无数郁闷全部发泄在架子鼓上。等鼓被敲烂后，我发现我爱上了音乐。于是，为了追逐心中的梦想，我征得父亲的同意，到日本去学习音乐。

当时，我的父母由于感情不和已经离婚，家里的经济也一度出现危机。由于囊中羞涩，身处异国他乡的我只能身穿一件烂T恤、一条牛仔裤、一双旧皮鞋，背着吉他，吃着饭团，过着居无定所、四处漂泊的生活。有时，为了节省花销，我干脆就在街头铺一张报纸，枕着吉他盒睡觉。

1996年12月27日，16岁的我以一名歌手的身份，加盟英皇娱乐旗下的飞图唱片公司。第二年，我正式登上舞台，开始了我的演艺生涯。本以为，凭着自己的特殊身份和多年努力，我的辉煌人生会就此拉开序幕，可没想到，我的演出不但没有掌声，而且迎接我的竟全是喝倒彩的声音！好长一段时间，只要轮

到我上台，没等主持人报完我的全名，全场就已经嘘声一片。

1998年，这种情况慢慢开始有所转变。观众从毫不留情地嘘我到不出声地看我唱，再到热烈地鼓掌和欢呼，最后，唱完还要求加场。1999年，我在红馆举行了第一场个人演唱会，同年推出首张普通话专辑《谢谢你的爱1999》，引起极大轰动，并赢得了当年香港最受欢迎男歌手奖。这是我个人演艺生涯的第一个高峰。

到2000年时，我的唱片销量已经超过了100万张，全球华人最高销量歌手奖、金曲奖等各种荣誉随之而来。与此同时，我担任主演的多部电影上映，都取得了不错的票房成绩。此后，我又陆续接拍了《我的野蛮同学》《龙虎门》《新警察故事》《小鱼儿与花无缺》等多部电影和电视剧，得到了越来越多观众的喜爱。2000年，我还因为在电影《半支烟》中的演出，赢得了第六届美国百事达"最受欢迎香港演员奖"。

如今，我更加努力地工作。我现在拍戏，也像成龙一样不用替身，因为我要给我的儿子做个榜样。我想，等孩子长大后，我一定会带他去香港会展中心看。我会告诉他，你知道吗？这是会展中心，只有两个演员在这上面站过，一个叫成龙，一个叫谢霆锋。我希望我的孩子能记住这样一句话：要成功，就必须靠自己！

成长课堂

很多人都说谢霆锋是个幸运儿，可是特殊的家庭环境并没有给他带来太多的幸运。面对一次次的嘘声，他选择了坚持，终于赢得了无数的掌声。他用自己的实际行动告诉我们，成功必须靠自己，必须靠自强不息的精神！

男子汉宣言

当我面对困难时，我要不断激励自己！

从修鞋匠 到律师

姜锦程1966年生于山东省高密县柴沟镇大王柱村一个贫困农民家庭。高中一年级时，父亲去世，家庭负担日益沉重，他不得不辍学。务农3年后，他随一支建筑队到青岛打工。

刚进建筑队，他就开始自学，一年后就拿到了"建筑工程预算员资格证书"。他从搬砖的小工变成了预算员。他的命运第一次因为知识而改变。

他没有就此满足，他要继续靠知识改变命运。他考上了青岛市职工大学，一边工作，一边用业余时间上大学。

可是不久，工程完工，建筑队要移师威海，他如果跟着建筑队走，就得中断学业。如果留在青岛学习，就没有了工作，没有了经济来源。经过激烈的思想斗争，他决定留下来继续念大学。因为这决定他未来的命运。

他走遍大街小巷没有找到工作。一个修鞋的人给了他启发，他觉得，这个活挺好，机动灵活，时间可以自己掌握，能保证学业，又解决了温饱问题。他拿出兜里仅剩的200元钱，花196元购买了修鞋工具，走街串巷去修鞋。

为了学习、上课，他长期以来养成了一个生活习惯：每天凌晨3点钟就起床，看书到6点钟，大脑疲劳时再上床躺一小时，7点钟起来做饭，一边做饭一边看书。8点准时出摊。下午4点收摊，匆匆吃点剩饭就去上学。放学回来实在饿了就啃几口萝卜充饥，然后把教师讲的课温习一遍，10点上床睡觉。

就这样，他一连坚持读完了三个专业。1995年，他拿到了"工业与民用建筑"大专文凭；1998年，他拿到了法律专业大专文凭；1999年，他又拿到了英语大专文凭。

从1989年到青岛打工，到1999年拿到三个大专文凭，他有10个除

夕都是一个人在青岛阴冷的小屋里，在苦读中度过的。

1999年10月，他走进了律师资格考试的考场，但这次他名落孙山。

2000年10月，他又走进律师资格考试的考场，这一次，他成功了。不久，他就被青岛某律师事务所录用。

贝克汉姆

在11岁的时候，贝克汉姆在足球上面表现出来的天分就引起了英国足球名宿鲍比·查尔顿的注意，在这位前辈的帮助下，小贝克汉姆参加了巴塞罗那俱乐部的一次训练营。在1991年时，贝克汉姆如愿以偿，进入了曼联俱乐部，从此开始了与该俱乐部的不解之缘。1996年8月，贝克汉姆在同温布尔登的比赛中打入中场吊射，可谓"一球成名"，这个球在2003年还被评为英超10年最佳进球。之后，贝克汉姆进入了惊人的蹿红期，加上曼联雄霸英超以及在1999年的三冠王的辉煌，他也一举成为了世界上最具人气的足球选手。

修鞋匠当律师的消息不胫而走，被众家新闻媒体报道，其中中央电视台《东方时空百姓故事》专栏予以报道。姜锦程从小小的修鞋匠成为一名律师，是他自觉地学习起了决定性的作用。他十年如一日地坚持学习，虽然吃尽了苦，但他真正体验到了知识改变命运的甜头。我们有理由相信，他的明天会更灿烂。

成长课堂

从一个相当低的起点，到达一个很多人都无法企及的高度，这其中的困难不难想象，而他却做到了，他付出的汗水是无法计算的，但是当他回首往昔，一定不会因此而后悔，因为他战胜了艰难的生活。

男子汉宣言

低起点不等于我不能获得大成功，我要从低起点起飞。

两次倒数第一之后

　　苏步青出生在浙江一个农民家庭里。从小跟着父亲学会了割草、喂猪、放牛等农活儿。他喜欢读书，每当放牛回家，路过私塾，苏步青总要停在那儿听一阵，他常借一些书来读，《水浒》《聊斋》《左传》都读了不止一遍。虽然那时候他年纪小，读起来似懂非懂，却爱不释手。

　　苏步青9岁那年，父亲送他进县城第一小学当一年级的插班生。从山沟里来到县城，苏步青大开眼界，看到的、听到的样样都感到新鲜。首先是新奇的世界让他觉得害怕，接着他便喜欢上了这个完全不同于自己家乡的地方，他整天玩耍，把功课全丢到脑后了，期末考试，苏步青竟得了倒数第一名。

　　第二年，苏步青转到水头镇求学。因为家庭贫穷，有的老师看不起他，甚至还故意刁难。有一次，他写了一篇作文，其中有两句佳句，整篇文章也写得很有特色。不料老师却怀疑他是抄来的，后来查清是他自己写的，仍给他的作文批了"差等"。这件事深深地伤害了苏步青的自尊心，他就用不听课、尽情玩耍来抗议。结果，这年他又得了倒数第一名。

　　新学年开始，一位叫陈玉峰的老师发现这小孩儿挺聪明，就是贪玩不用功，就找他谈话，并启发他："不好好念书，对得起你的父母吗？"苏步青听后，觉得惭愧，但心里并不服气。陈老师又循循善诱道："文章好坏，不是哪个老师决定的，个人的前途靠自己去争取。我看你的资质不差，又能吃苦，只要努力学习，一定会成为有用的人才。"

老师的话像鼓槌一样，敲着苏步青的心。原来还是会有人肯定自己，认为自己可以成为有用的人才。他激动得一夜没合眼，决心不辜负老师的期望，做一个有所作为的人。

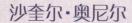

沙奎尔·奥尼尔

沙奎尔·奥尼尔1972年3月6日出生，身高2米16，1992年当选年度最佳新人，入选梦之二队和梦之三队，获1996亚特兰大奥运会金牌，他是篮球运动一百年历史上出现的最庞大的"大力神"。奥尼尔是21世纪初美国职业篮球联赛最好的中锋，集力量和技术于一身，是一个除了罚球几乎没有劣势的中锋。沙奎尔·奥尼尔虽然身高2米16，体重超过100公斤，但是却能像短跑运动员一样的冲刺，能像跳高运动员一样腾起，还可以像举重运动员一样在两三个人的重压下跳起扣篮。

从此，苏步青发愤学习。为了看懂《东周列国志》，他步行了几十里山路，向别人借来《康熙字典》，遇到难字生字，他总要逐个查阅、弄懂。节假日，他回家一边放牛，一边骑在牛背上背诵《唐诗三百首》。这学年，他一跃成为全班第一名。在以后的求学期间，他每次考试成绩都是第一。

1914年，苏步青以优异的成绩考进浙江十中。这时，他已经能滚瓜烂熟地背出《左传》，由于他博览群书，在同学中获得了"文人"的称号，后来由于一个偶然的因素，他走上了数学的道路，成为我国著名的数学家。

成长课堂

奇迹不会在我们伸手就可以够到的地方，它总是站在最高最远的地方，只有不惧怕困难，不会被磨难打倒的人才会获得它的青睐。一个自强不息的人，奇迹有什么理由不发生在他的身上呢？

男子汉宣言

我相信奇迹的存在，但首先我必须付出几倍于常人的努力，才可以看到它的光辉。

苦难让他 魔力无穷

意大利小提琴大师、作曲家帕格尼尼是一位举世闻名的音乐家。

帕格尼尼幼年即充分显露出音乐才能，8岁就写小提琴奏鸣曲。11岁在热亚那举行公开演奏会，获极大成功。13岁开始旅行演出。1805年任卢加宫廷乐队小提琴独奏家。1825年，他足迹遍及维也纳、德国、巴黎和英国，他还会演奏吉他和中提琴。在他的《二十四首随想曲》中，表现了他高超的演奏技巧。他的技巧影响了后来的小提琴作品，也影响了钢琴的技巧和作品。

但是，很多人都不知道，这位被誉为"小提琴之神"和"音乐之王"的小提琴家是一位在苦难中成长起来的天才。

他4岁时，一场麻疹和强直昏厥症，险些使他白布裹尸装入棺材；7岁时，险些死于猩红热；13岁又患上严重肺炎，不得不大量放血治疗；40岁时，牙床突然长满脓疮，只好拔掉大部分的牙齿。牙病刚愈，又染上了可怕的眼疾，幼小的儿子成了他手中的拐杖。50岁后，关节炎、肠道炎、喉结核等多种疾病吞噬着他的肌体。后来声带也坏了，靠儿子按口型翻译他的思想。他活到57岁时口吐鲜血而亡，死后尸体也备受磨难，先后被搬迁了8次。

这些常人无法忍受的苦难，也许对于一般人来说，都会成为让他退缩的理由

男孩卡片

莱奥·梅西

　　2005 年在荷兰举行的国际足职世界青年锦标赛上，这位新的"足球金童"闯入了人们的视线。莱奥·梅西在决赛中罚中两个点球，并帮助阿根廷赢得冠军，梅西一人独得赛会最佳球员和最佳射手两项大奖。梅西 12 岁时加盟巴塞罗那，2004/2005 赛季首次为这支加泰罗尼亚劲旅登场效力。凭借过人的天赋再加上追风逐电的速度、灵活的技术和射门技巧，梅西赢得了阿根廷足球先生的称号。

和借口。但是帕格尼尼却没有因此退缩，他觉得在经历了这些苦难之后，自己还依然好好地活着，这难道不是上帝的恩赐吗？为了不辜负这些恩赐，他只有更加努力地拉琴，并且通过琴声向世人传递信仰，让他们可以更加坚强地活着，不辜负这美好的生活。

　　他的琴声使全世界的观众欣喜若狂。在意大利巡回演出产生神奇效果，人们到处传说他的琴弦是用情妇肠子制作的，魔鬼又暗授妖术，所以他的琴声才魔力无穷。古怪的传说并没有削减帕格尼尼琴声的力量，相反，他更加努力地通过亲身来传达信仰。每到一处，他的琴声都能点燃观众们心中的火焰，让他们跟随着琴声陷入沉思或者激情之中。

　　歌德评价他说："在琴弦上展现了火一样的灵魂。"

　　李斯特的一句感叹则概括了他一生的命运："天啊，在这四根琴弦中包含着多少苦难、痛苦和受到残害的生灵啊！"

成长课堂

　　苦难让我们更清楚地认识自己，激励我们，为了战胜苦难，我们只有变得更加坚强，从而获得美好的生活。苦难不可改变，但我们可以改变自己对待苦难的态度。

男子汉宣言

用积极乐观的心态去迎接苦难，接受苦难，战胜苦难！

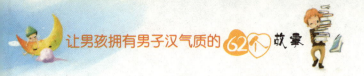

逼出来的爵士歌王

在一个小酒吧里，一位年轻的小伙子正在用心地弹奏钢琴。说实话，他弹得已经相当不错了，每天晚上都有不少客人慕名而来，认真地倾听他的弹奏。

可是一天晚上，一位中年顾客在听了他弹奏的几首曲子后，对小伙子说："我每天都来听你弹奏这些曲子，你的那些曲子我已经熟悉得简直不能忍受了，不如你来唱首歌给我们听听吧。"这位顾客的提议立刻获得了其他人的赞同，大家都纷纷要求小伙子唱歌。

然而，小伙子在面对大家的请求时却变得腼腆起来，他抱歉地对大家说："非常对不起，我从小就学习弹奏钢琴，从来也没有学过唱歌。我长年累月地坐在这里弹琴，连说话都不太多，恐怕会唱得很难听的。"那位中年顾客却鼓励他说："年轻人，正因为你从来没有唱过歌，或许连你自己也不知道你是个歌唱天才呢！"此刻，就连酒吧的经理也走出来鼓励他，劝他不要扫了大家的兴。小伙子固执地认为大家只是想看他出丑，于是坚持说只会弹琴，不会唱歌。

这时，酒吧老板看到顾客们的热情期待，就走过来对他说："你要么唱歌，要么只能另谋出路了。"小伙子迫于生计，只好被逼得红着脸给大家唱了一曲《蒙娜丽莎》。哪知道他这一唱，所有人都被他那自然流畅而且男人味十足的唱腔给迷住了。

小伙子这才发现自己的嗓音原来可以带给周围的人这么大的乐趣，获得这么高的评价。之后，他才开始审视自己：做一个钢琴手，在酒吧里弹琴，也许就这样庸庸碌碌地过完这一生，自己是否会满足于这样的生活呢？想到这些都让他无比痛苦，他觉得自己可以做得更多，而不仅仅是三流钢琴手中的一个而已。他想：我可以成为第一！我可以取得一些成就。

于是，在大家的鼓励下，那个小伙子从此放弃了弹奏乐器的艺人生涯，开始向流行歌坛进军。他凭借着独特的嗓音，开始吸引了很多人的注意，虽然不断遭遇挫折，但是他没有退缩，每一次遭遇困难的时候，他都问自己：这就是我想要的结果吗？难道我要回去做一个酒吧的钢琴手吗？不！不是的。

这种力量支持着他，这个小伙子后来居然成为美国著名的爵士歌王，他就是著名的歌手纳京高。

要不是那次被迫地开口一唱，纳京高可能永远都只是坐在酒吧里的一个三流钢琴演奏者而已。

成长课堂

当我们沉溺于自己熟悉的环境，总是会忽略自己身上所隐藏的潜能。多一些开拓精神，打开自己的视野，不要惧怕变化和挑战，或许你会在别的领域做得更好。

男子汉宣言

我不惧怕去尝试自己未知的东西，也许机会就隐藏在这些未知之中。

努力的人最聪明

约翰和汤姆是相邻两家的孩子，他俩从小就在一起玩耍、上学。约翰是一个极其聪明的孩子，学什么都是一点就通，考试常常名列前茅。大家都夸他天资过人，他自己也感到自豪与骄傲。与约翰相比，汤姆的脑子显然不够机灵，甚至有点愚钝。尽管汤姆也很用功，但学习成绩却难以进入前十名。时间久了，他时常从心底流露出自卑与无奈。

然而，汤姆的母亲却总是鼓励他："在开始的时候，尽管有些奔驰的骏马总是呼啸着遥遥领先，但最先抵达目的地的，却往往是有非凡耐心和毅力的骆驼。如果你能坚持不懈地努力，就完全可以做出连自己都感到吃惊的成绩。"

后来，汤姆母亲的话果真被事实所验证。聪明的约翰自诩是个聪明人，但一生业绩平平，没能成就任何一件大事。而自觉很笨的汤姆，却不断地从各个方面充实自己，一点点地超越自我，最终成就了辉煌的业绩。

约翰愤愤不平，以至郁郁而终。他的灵魂飞到天堂后，质问上帝："我的聪明才智远远超过汤姆，我应该比他更出类拔萃才是，可为什么你却让他成为了人间的佼佼者呢？"

上帝笑了笑说："可怜的约翰啊，你至死都没能弄明白：我把每个人送到世上，在他生命的'褡裢'里都放了同样的两件礼物——'聪明'与'努力'。只不过你把'聪明'放到了'褡裢'的前面，把'努力'放到了'褡裢'的后面。你因为常常看到或触摸到'聪明'而沾沾自喜，却忽视了'努力'，所以聪明反被聪明误，一生业绩平平！而汤姆与你恰恰相反，把'努力'放到了'褡裢'的前面，把'聪明'放到了'褡裢'的后面。他看不到自己的聪明，并由自卑转变为努力，总是锲而不舍地努力！努力！再努力！向前！向前！再向前！所以，他才能成就辉煌。"

约翰又问到："照你这么讲，那聪明人和愚钝人是可以相互转化的吗？什么样的人才是最聪明的人呢？"

上帝又笑了笑说："是的，是这样。用进废退，概莫能外。如果聪明人总以为自己知道得很多而不再努力，就会逐渐变成愚钝人；如果愚钝人总以为自己知道得很少而不断努力，就会逐渐变成聪明人。只有不断努力的人，才是最聪明的人。简言之，努力的人最聪明。"

 成长课堂

不要因为自己暂时的落后而认定自己是朽木不可雕，其实每一个人的机会都是均等的，只是在某一个时刻凸显的特质有所不同。相对于聪明来说，努力就好像是向前行走的一双脚，有了聪明的帮助它会走得更快，而没有聪明的帮助它也可以通过自己达到成功。但是一个只有聪明却没有努力的人，就只能哀叹自己的不幸了。

 **男子汉宣言**

努力的机会对于所有人都是平等的，抓住这个机会，人人能获取成功。

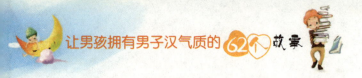
挑战自我的李阳

李阳现在已经成为风光大名人了。但是可能很多人还不知道，李阳原先"不过如此"！

他少年时代是一个很内向的人，用最平常的话说就是"怕生"。他已经十几岁了，亲戚朋友还不知道李家有这样一个孩子，用"丑小鸭"来形容他是最恰当的。比如：只要听到电话一响，他就会躲起来；他看电影之后，父亲总是要他复述电影的内容，为了不干这种他不愿意做的事情，他宁愿多年不看自己喜欢看的电影。他说，小的时候最害怕的事情就是自己完成不了作业，因此，经常被老师罚站，每次都只好低声认错，可是第二天又故伎重演……

值得庆幸的是，李阳多次向父母提出退学，可是父母在他心目中是有权威的，所以没有退成，勉强熬到了高中毕业，居然还考上了大学力学系——看来他并不蠢。可是就是在大学里，李阳还是浑浑噩噩的，没有改变自己的形象。按照学校规定，旷课70节就要被勒令退学，可是他很快就超过了100节，他因此差点被大学请出校门。

谁能相信今天的英语教师当年曾经是连"60分万岁"都办不到，常常都要补考才能过关的人！

后来他被逼上了梁山，不得不打起精神，每天早上都去学习英语。为了集中精力，他干脆跑到大学校园里的烈士亭上放开嗓门大声背诵起英语来。这一声大喊不要紧，喊出了李阳的灵感来了：这样不仅不容易思想开小差，效果还不错！

他就这样"吼"了几个星期，居然还"吼"出了信心！

胆子出来了，他就去了学校的英语角，说出来的英语居然还挺流利的。知道他底细的同学都感到惊奇，急忙向他"请教"怪招！李阳此时已经隐隐约约地感到这可能是一种奇妙的办法，虽然说不出什么，但是他决心这样干下去。

从此以后，只要有时间，李阳就像疯子那样在烈士亭等地方大喊大叫，不管是刮风下雨，是晴天，还是沙尘天。有时候，为了增加自己的胆量，他居然穿着46号的特大美国劳工鞋、肥大的裤子，戴着耳环，在全国最主要的大学学府声嘶力竭地喊叫。不管别人怎么看他，他仍然我行我素。在复述了10本左右英文原著后，他在四级考试中得了个第二名。

最令他恐惧的英语给他带来了成功的喜悦，他的疯狂故事就这样走出大学，走向全国……

李阳有一句"格言"："I enjoy losing face！"(我喜欢丢脸！)李阳的经历就是一个放下面子的经历。

他现在的目标是：让3亿中国人说一口流利的英语！

他的成功就在于让英语充满了乐趣，点燃人们学习的热情。

成长课堂

　　所有人的面前都存在着一座叫做困难的高山，如何越过这座高山，李阳为我们做出了很好的示范。不要因为害怕就不去做，越是害怕的事情越需要我们提起勇气去挑战，因为害怕的背后正隐藏着让自己大获成功的秘密。

男子汉宣言

　　一个自强不息的人不会因为自己害怕就退缩，我要战胜自己的"害怕"。

读了这么多精彩的故事，和故事中的主人公比起来，你觉得自己能成为一个自强不息的小男子汉吗？不妨来训练营锻炼一下自己吧！

1849次拒绝

好莱坞著名影星史泰龙童年时，由于父母工作繁忙，被寄养在别人家里。他的学习成绩并不理想，曾先后被14所学校开除，但是当时没有一位老师赏识他。所以，他没有修完全部课程就退学，决定前往纽约寻求发展。但他在纽约闯荡的日子并不顺利。他穷困潦倒，即使把身上全部的钱攒起来也买不了一件像样的西服。即便在这种时候，他仍然全心全意地坚持着自己心中的梦想。

当时，好莱坞共有500家电影公司，他逐一将它们排列出，然后带着自己写好的为自己量身订制的剧本，一家一家地前去拜访。但是，第一遍跑下来，没有一家电影公司愿意聘用他。史泰龙并没有灰心，而是又鼓起勇气，继续他的第二轮、第三轮拜访与自我推荐，结果还是一样。

你觉得史泰龙接下来会怎么做？是退缩还是迎难而上？

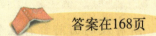

答案在168页

《传递一串甜美的葡萄》答案：

护士边走边想，这串葡萄应该送给就就业业为大家服务的厨师。于是，护士来到厨房，找到了厨师埃纳文图拉，将葡萄送给他。厨师谢绝了护士的好意，最后把葡萄送给了为大家操劳的修道院院长。就这样，这串葡萄在整个修道院里传来传去，最后重新回到了看门人手中。

第三章
自信乐观是男子汉的做事态度

◀ **以前的我**

学校要举行运动会了。

我在运动会报名处徘徊。

◀ **现在的我**

我和小伙伴一起去报名。

运动场上，我赢得了第一名。

以前的我

考完试后，我一直很担心自己的成绩。

成绩这么差，我真的很难过……

测试成绩不好，我沮丧了一个星期。

现在的我

通过总结，我相信下次我会考得更好。

我信心满满地走向学校。

以前的我

老师提问，同学们都不知道怎么回答。

要是说错了，别人会笑话我的。

我知道问题的答案，可是我不敢举手。

现在的我

我确定自己的答案是正确的。

我大声地说出自己的答案。

以前的我

我恳求爸爸和我一起参加活动。

我忐忑不安地坐在活动现场。

现在的我

看着自己的同龄人谈笑自如，我鼓起了勇气。

我开心地和周围的参加者一起聊天。

我的成长计划书

自信乐观是男子汉的做事态度

以前的我，遇到一些困难挫折，就会变得沮丧，不知道应该怎么办。其实一些事情，我完全可以不依靠别人也能做好，可我却总是畏畏缩缩，不知所措。从现在开始，我要对自己充满信心，遇到困难时，以积极乐观的心态去面对，相信自己可以做到最好，这样才是一个优秀的小男子汉！

1. 我要相信自己的实力，积极地参加学校里的各项活动。

2. 虽然语文比较差，但我相信通过努力便会提高成绩。

3. 虽然这次篮球比赛失败了，但是我相信下次我一定会赢的。

4. 考试成绩不理想，我会认真地总结教

训，不会灰心丧气。

5. 下一次有人问我"你行吗"

时，我要大声地说：我一定可以做

到！

千万别太在意

"下下签"

美国实业界巨子华诺密克参加一年一度在芝加哥举行的美国商品展览会。一次，他的运气仿佛不佳，根据抽签的结果，他的展位被分配到了一个极为偏僻的角落处。所有员工都为这个结果倒吸一口冷气，这个地方是很少有人光顾的，更别说看他们的样品了。鉴于他的运气"糟透了"，替他设计展位的装饰工程师萨蒙逊劝他放弃这个展览，别花那些冤枉钱了，等明年再来参展。

但华诺密克却不以为然，反而对萨蒙逊说："问你一个问题，你认为是机会来找你，还是由你自己去创造呢？"萨蒙逊回答说："当然是由自己去创造了，任何机会都不会从天而降！"华诺密克愉快地说："现在，摆在我们面前的难题，将是促使我们创造机会的动力。萨蒙逊先生，多谢你这样关心我。但我希望你将关心我的热情用到设计工作上去，为我设计出一个美观而富有东方色彩的展位。"

萨蒙逊开始冥思苦想，果然不负重托，设计出了一个古阿拉伯宫殿式的展位，展位前面的大路变成了一个人工做成的大沙漠，当人们从这儿经过时，仿佛置身于阿拉伯世界一样。华诺密克满意极了，他吩咐后勤主管让新雇来的那254个男女职员一律穿上阿拉伯国家的服饰，特别要求女职员都要用黑纱把面孔下部遮盖住，只露出两只眼睛，并且立即派人从阿拉伯买来6只骆驼来做运输货物之用。同时，他还派人做了一大批气球，准备在展览会上使用。当然，所有这一切都是秘密操作的，任何人不得泄露出去。否则，一律开除。

华诺密克的阿拉伯式展位一做成，就引起了人们的种种猜想。更想不到的是，一些记者把这种别具创意的独特造型拍照进行了报道，这更引起了人们的兴趣。

开展后，展览会上空飞起了无数色彩斑斓的气球。这些气球都是精心设计过的，升空不久后，便自动爆破，变成一片片胶片纷纷撒落下来。有人好奇地捡起一看，只见上面写着："当你捡到这枚小小的胶片时，亲爱的女士或先生，你的好运气开始了，我们衷心祝贺你！请你拿上这枚胶片到华诺密克的阿拉伯式展位前，换取一枚阿拉伯的纪念品。谢谢你。"这下，华诺密克的展位前人头攒动，人们纷纷跑过去领取纪念品，反而冷落了处于黄金地段的展位。

第二天，芝加哥城里又升起了不少华诺密克的气球，引起更多市民的关注。45天后，展览会结束了，华诺密克公司共做成了2000多宗买卖，其中有500多宗的买卖都超过了100万美元，大大出乎华诺密克最初的预料。而且，据组委会统计，他的展位成了全展览会中光顾游客最多的展位。

生活中，往往就有很多这样的绝境，再坏一点，便是希望的开始，只要你善于谋划自己的运气。

成长课堂

生命中我们会抽到很多的"下下签"，也许是疾病，也许是挫折，也许是苦痛，无论它是什么，我们都要以乐观的心态去面对，从绝境中找到曙光，获得最终的胜利。

男子汉宣言

我再不抱怨自己的运气不好，因为这是成功到来之前的考验！

天才的 秘 诀

　　小男孩儿一直很自卑，贫寒的家境使他觉得自己处处低人一等。别的同学都有时髦的衣服，他没有；别的同学都有新颖的文具，他没有；别的同学都有诱人的零食，他没有……在学校里，小男孩儿总是低头走路，一碰到不三不四的学生，他便赶紧躲开。纵然如此，他仍常常无缘无故地成为别人的出气筒，可怜的他，连还手的勇气也没有……受尽欺负的男孩儿常在心里问自己："我什么时候才能比别人强一点呢？"但他始终没有找到答案。

　　有一天，老师带着全班同学来到一家生产水果罐头的工厂参观。那家工厂的设备非常简陋，每天依靠工人的双手洗刷成千上万个罐头瓶子。那些瓶子都是回收过来的，很脏，一不小心还会把手划破了。孩子们的任务就是洗刷那些瓶子。为了激励孩子，老师宣布开展竞赛，看谁刷得最多。

　　小男孩儿站在同学中间，听到老师的号召，心里一阵激动，他从来没有得到过"第一"，那一刻他下定决心，一定要得到它。

　　他很快就学会了所有的刷瓶程序，刷得非常认真，一个接一个，一整天都没有停下来，一双小手被水泡得泛起一层白皮。结果，他

刷了一百零八个，是所有孩子里面刷得最多的。当老师宣布这一结果时，小男孩儿兴奋得满脸放光，那种极度快乐的体验，一直留在了他的记忆中。

也就是从那一天起，当时十岁的小男孩儿知道自己的生活从此完全不同了。他开始抬起头来走路，而在他的内心深处，一种从未有过的力量正不断涌出，似乎有一座火山，正在他的体内爆发。得了"第一"的他一下子明白了，无论什么事情，只要他肯干，就一定可以干好。他开始玩命地去做自己想做的事情，尽管最初他对那些事情并没有什么把握，可他坚信，只要坚韧不拔地努力下去，就一定能够得到自己想要的东西。

果然，这个名叫"周明"的小男孩儿一路顺利地走了下去。1985年，他从重庆大学计算机专业毕业；1988年，他获得哈尔滨工业大学计算机专业硕士学位；1991年，他获得哈尔滨工业大学计算机专业博士学位。他拥有数项重大发明，曾三次荣获部级科技进步二等奖，研制开发的商品中－日、日－中翻译软件，是目前公认的世界领先的中－日、日－中机器翻译软件。

如今的周明是微软亚洲研究院的主任研究员，是计算机自然语言领域中公认的最为优秀的科学家之一。

谈及今天的成就，周明念念不忘当年的"一百零八个瓶子"。当年正是从手中的一百零八个瓶子上，他发现了天才的全部秘密，那就是六个字——不要小看自己。

成长课堂

当你相信自己做到的时候，你就一定可以做到。即使遇到再强大的阻碍也会变得渺小，这就是自信的力量。不要小看自己，虽然只是一句简单的话，却改变了无数人的命运。

男子汉宣言

无论在什么情况下，我都不会小看自己，这是让我获得成功的最基本的前提。

积极的心态带来成功

5年前，斯蒂芬·阿尔法经营的是小本农具买卖。他过着平凡而又体面的生活，但并不理想。他一家的房子太小，也没有钱买他们想要的东西。阿尔法的妻子并没有抱怨，很显然，她只是安于天命而并不幸福。

但阿尔法的内心深处变得越来越不满。当他意识到爱妻和两个孩子并没有过上好日子的时候，心里就感到深深的刺痛。

但是今天，一切都有了极大的变化。现在，阿尔法有了一所占地2英亩的漂亮新家。他和妻子再也不用担心能否送他们的孩子上一所好的大学了，他的妻子在花钱买衣服的时候也不再有那种犯罪的感觉了。下一年夏天，他们全家都将去欧洲度假。阿尔法过上了真正幸福的生活。

阿尔法说："这一切的发生，是因为我利用了信念的力量。5年以前，我听说在底特律有一个经营农具的工作。那时，我们还住在克利夫兰。我决定试试，希望能多挣一点钱。我到达底特律的时间是星期天的早晨，但公司与我面谈还得等到星期一。晚饭后，我坐在旅馆里静思默想，突然觉得自己是多么的可憎。'这到底是为什么！'我问自己'失败为什么总属于我呢？'"

阿尔法不知道那天是什么促使他做了这样一件事：他取了一张旅馆的信笺，写下几个他非常熟悉的、在近几年内远远超过他的人的名字。他们取得了更多的权力和工作职责。其中两个原是邻近的农场主，现已搬到更好的边远地区去了；其他两位阿尔法曾经为他们工作过；最后一位则是他的妹夫。

阿尔法问自己：什么是这5位朋友拥有的优势呢？他把自己的智力与他们做了一个比较，阿尔法觉得他们并不比自己更聪明；而他们所受的教育，他们的正直，个人习性等，也并不拥有任何优势。终于，阿尔法想到了另一个成功的因素，即自信心。阿尔法不得不承认，他的朋友们在这点上胜他一筹。

当时已快深夜3点钟了，但阿尔法的脑子却还十分清醒。他第一次发现了自己的弱点，发现缺少自信心是因为在内心深处，他并不看重自己。

阿尔法坐着度过了残夜，回忆着过去的一切。从他记事起，阿尔法便缺乏自信心，他发现过去的自己总是在自寻烦恼，自己总对自己说不行，不行，不行！他总在表现自己的短处，几乎他所做的一切都表现出了这种自我贬值。

终于阿尔法明白了：如果自己都不信任自己的话，那么将没有人信任你！

于是，阿尔法做出了决定："我一直都是把自己当成一个二等公民，从今后，我再也不这样想了。"

第二天上午，阿尔法仍保持着那种自信心。他暗暗以这次与公司的面谈作为对自己自信心的第一次考验。在这次面谈以前，阿尔法希望自己有勇气提出比原来工资高750甚至1000美元的要求。但经过这次自我反省后，阿尔法认识到了他的自我价值，因而把这个目标提到了3500美元。结果，阿尔法达到了目的。他获得了成功。

世界上许多困难的事情都是由那些自信心十足的人完成的。如果你有了强大的自信，成功离你就近了。

成长课堂

想一想我们与成功者之间的差距，也许并不是那么巨大，我们缺少的只是对于自己的肯定。一个自信的人敢于接受挑战，并且把挑战转化为自己的机会，让自己拥有成功的可能。

男子汉宣言

相信自己，我也可以战胜困难，获得成功！

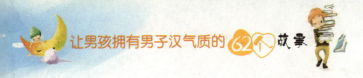

乐观的价值

英特尔公司的总裁安迪·葛鲁夫曾是美国《时代》周刊的风云人物。在上个世纪70年代，他创造了半导体产业的神话，很多人只知道他是美国巨富，却不知道他的人生也有鲜为人知的苦难经历。

由于家境贫寒，安迪·葛鲁夫从小便吃尽了缺衣少食和受人藐视的苦头，他发誓要出人头地。他比同龄人显得成熟而老练，在上学期间便表现出了他的商业天才，他会在市场上买来各种半导体零件，经过组装后低价卖给同学，他只从中赚取手工费。由于他组装的半导体比原装的便宜很多，而质量却不相上下，所以在学校里很走俏。可是谁也想不到，他竟是个极度悲观的人，也许是受贫困的家境影响，凡事他都爱走极端，这在他以后的经商之路上淋漓尽致地表现了出来。

那是安迪·葛鲁夫第三次破产后的一个黄昏，他一个人漫步在家乡的河边，他从早早去世的父母，想到了自己辛苦创下的基业一次次的破产，内心充满了阴云。悲痛不已的他在号啕大哭一番后，正望着滔滔的河水发呆，他想如果他就这样跳下去的话，很快就会得到解脱，世间的一切烦愁都与他无关了。突然，对岸走来一位憨头憨脑的青年，他背着一个鱼篓，哼着歌从桥上走了过来，他就是拉里·穆尔。安迪·葛鲁夫被拉里·穆尔的情绪感染，便问他："先生，你今天捕了很多鱼吗？"拉里·穆尔回答："没有啊，我今天一条鱼都没捕到。"拉里·穆尔边说边将鱼篓放了下来，果然空空如也。安迪·葛鲁夫不解地问："你既然一无所获，那为什么还这么高兴呢？"拉里·穆尔乐呵呵地说："我捕

男孩卡片

蒂埃里·亨利

身高188cm，体重83kg的亨利具有一名强力中锋的身体条件。他那令人难以置信的速度和爆发力又令他跑起来像一辆坦克。更与众不同的是，亨利同时还有着令人目眩的控球技术。以上3点结合到一起就是恐怖的锋线游击队员亨利，一旦让他舒服地拿到脚下球，特别是在左边路，任何后卫都难以抵挡住他反复的加速变向和内切。

鱼不全是为了赚钱，而是为了享受捕鱼的过程，你难道没有觉得被晚霞渲染过的河水比平时更加美丽吗？"一句话让安迪·葛鲁夫豁然开朗，于是，这个对生意一窍不通的渔夫拉里·穆尔，在安迪·葛鲁夫的再三央求下，成了英特尔公司总裁安迪·葛鲁夫的贴身助理。

很快，英特尔公司奇迹般地再次崛起，安迪·葛鲁夫也成了美国巨富。在创业的数年间，公司的股东和技术精英不止一次地向总裁安迪·葛鲁夫提出质疑，那个没有半点半导体知识、毫无经商才能的拉里·穆尔，真的值得如此重用吗？

每当听到这样的问题，安迪·葛鲁夫总是冷静地说："是的，他确实什么都不懂，而我也不缺少智慧和经商的才能，更不缺少技术，我缺少的只是他面对苦难的豁达心胸和面对人生的乐观态度，而他的这种豁达心胸和乐观态度，总能让我受到感染而不至于做出错误的决策。"

成长课堂

对生意一窍不通的渔夫成为总裁的助理，他能提供给总裁的是豁达的心胸和乐观的态度，帮助总裁不做出错误的决定。无论你拥有多大的才能与智慧，你都不应该缺少乐观自信的精神，因为它是你获得成功的重要因素。

男子汉宣言

拥有乐观的精神，会帮助我获得无限的精彩！

我会输给很多人

有一位教授住在离郊区不远的街区，那里有很多卖小吃的商贩。一次，这位教授带孩子散步路过，看到小吃摊的生意很好，所有的椅子都坐满了人。

教授和孩子驻足围观，只见卖面的小商贩把油面放进滚面用的竹捞子里，一把塞一个，仅在刹那间就塞了十几把，然后他把叠成长串的竹捞子放进锅里烫。接着又以迅雷不及掩耳之势，将十几个碗一字排开，那些碗就好像是听话的士兵一样，按照他的指令一个个站得整整齐齐，放作料、盐、味精等，随后捞面，加汤，做好十几碗面的过程竟没用5分钟，而且边煮边和顾客聊天。

教授和孩子都看呆了。这个小商贩的动作是如此的快，而且神态自若，他就好像在做一件非常平凡的事情一样，对待着这样高难度的活儿，甚至眼睛都是一扫而过，不会仔细地去看每个碗。但是他的每一次动作之后所完成的量却都差不多。他是那么的自信，让周围的人都不由得投去了钦佩的目光。

当他们从面摊离开的时候，孩子忽然抬起头来说："爸爸，我猜如果你和卖面的比赛卖面，你一定会输！"

对于孩子突如其来的一句话，教授莞尔一笑，立即坦然承认，自己一定会输给卖面的人。教授说："不只会输，还会输得很惨。这个世界上，我会输给很多人。"

他们在豆浆店看伙计揉面粉做油条，看油条在锅中胀大而充满神奇的美感，那伙计的动作也

很潇洒自如，他把一块儿面好像玩具一样在案板上揉来揉去，然后熟练地做成条，两条往一起一绕，就丢进滚烫的油锅里。伙计的神态也是那么自信，似乎他不是在工作，而是在和油条做游戏一样，充满了无限的乐趣。教授对孩子说："爸爸比不上炸油条的人。"

教授和孩子一起朝家里走去，这个时候，孩子忽然问："但是那些人也有比不过爸爸的地方对不对？如果让他们去讲课，肯定是比不过爸爸的。"教授听了孩子童稚的声音，微微笑了笑，说："对，因为那是爸爸做得最好的事情，所以他们也有输给爸爸的时候。"

正视自己的缺点，才能真正地认识自己。有时候，我们在看待周围的事物时，常常觉得自己了不起，并因此骄傲自大，但一旦我们真正和别人比较一番，我们就会发现我们也有很多不如人的地方。

成长课堂

在每一个领域中，都有比我们更能干的人存在着，但是这不代表我们会在任何领域都是弱者，因为我们也有自己的专长。而最重要的一点是：要能够清醒、正确地认识自己的优势和劣势。

认识到自己的短处，我才能正确应用自己的长处。

在两个机会中把握人生

有一个美国青年，他在冬季大征兵中依法被征，即将到最艰苦也是最危险的海军陆战队去服役。

这位年轻人自从获悉自己被海军陆战队选中的消息后，便显得忧心忡忡。远在剑桥大学任教的祖父听说孙子的近况后，便打电话开导他说："孩子啊，这没什么好担心的。到了海军陆战队，你将会有两个机会，一个是留在内勤部门，一个是分配到外勤部门。如果你分配到了内勤部门，就完全用不着去担惊受怕了。"

年轻人问爷爷："那要是我被分配到了外勤部门呢？"爷爷说："那同样会有两个机会，一个是留在美国本土，另一个是分配到国外的军事基地。如果你被分配在美国本土，那又有什么好担心的？"

年轻人问："那么，若是被分配到了国外的基地呢？"爷爷说："那也还有两个机会，一个是被分配到和平而友善的国家，另一个是被分配到维和地区。如果把你分配到和平友善的国家，那也是件值得庆幸的好事。"

年轻人问："爷爷，那要是我不幸被分配到维和地区呢？"爷爷说："那同样还有两个机会，一个是安全归来，另一个是不幸负伤。如果你能够安全归来，那担心岂不多余？"

年轻人问："那要是不幸负伤了呢？"

男孩卡片

弹道导弹

弹道导弹是一种无人驾驶的无翼飞行器。它沿一定的空间轨迹（即弹道）飞行，攻击固定的目标。根据射程远近弹道导弹可以分为近程、中程、远程和洲际四种。洲际弹道导弹的射程在8000公里以上。根据发射位置的不同，它可分为地对地弹道导弹和潜对地弹道导弹两种。所谓潜对地，即从导弹核潜艇上对准目标发射。

爷爷说："你同样拥有两个机会，一个是依然能够保全性命，另一个是完全救治无效。如果尚能保全性命，还担心它干什么呢？"

年轻人再问："那要是完全救治无效怎么办？"

爷爷说："还是有两个机会，一个是作为敢于冲锋陷阵的国家英雄而死，一个是唯唯诺诺躲在后面却不幸遇难。你当然会选择前者，既然会成为英雄，有什么好担心的？"

爷爷和孙子之间的区别，正在于他们一个只能看到这件事的不好的一面，而另一个却在发现事情的两面之后依然保持乐观的心情，看到事情最好的一面。我们的生活中存在着很多这样的选择，任何的事情都包含着对立的两面，蕴含着两种不同的结果。有些人看到不好的结果，所以他觉得人生失去了任何的意义，活着只是为了等待那个不好的结果而已。而有些人却看到美好的一面，这美好的一面鼓舞着他向前走，不会因为生活中有了阴霾而否定它的全部。

成长课堂

无论你遇到怎样糟糕的情况，始终都有两个机会。好机会中藏匿着坏机会，而坏机会中又隐含着好机会。关键是我们以什么样的眼光、什么样的心态去看待这一切。当我们用乐观的心态去面对这一切时，我们必然会成功。

用乐观的眼睛看世界，全世界都会对着我微笑。

败于自己

我们的世界是什么模样，难道不是全靠我们看它的眼光吗？

一位棋道高手退下来后被聘请为教练，他培训年轻选手的方式十分特别。

他不教年轻棋手们怎样去进攻别人，也不教年轻选手们如何运用谋略。他和徒弟们天天对弈，决出输赢后，让他们记住他们自己对弈时的每一步，然后，让棋手们仔细推敲他们自己的每一步落子，找出自己的失误，这就是他布置给那些年轻棋手们的作业。找出自己失误多的，他就表扬；找出自己失误少的，他就十分严厉地予以批评。

这样教的时间长了，那些年轻棋手们纷纷有了意见，大家都说他的教棋方式太单调，既不能旁征博引讲出令人信服的理论，也没有实战的经验和技巧，虽说他过去是个棋道高手，但他不适宜当教练。同行的几位教练也对他十分不解，怎么能如此教棋呢，不传谋略，不传技巧，只让棋手自查失误，如此怎么能培训出一流的棋手呢？

面对年轻棋手们的不满和同行教练们的不解，他依旧我行我素，还是认真地让棋手们检查自己对弈时的失误。有时，他只是给他们一个简单的提醒，更大的失误，都让年轻棋手们自己去自我发现和检查。刚开始时，每局对弈下来，每个棋手都能找出自己的诸多失误，甚至许多人都觉得自己简直是个臭棋篓子。但天长日久，那些棋手们的失误越来越少了，有的甚至一局对决下来竟没有一次失误。这个时候，选手们开始向他要求说："给我们传点理论和技巧吧，对弈，毕竟是要取胜于别人，不是自己和自己决胜负，没有谋略和技巧怎么行呢？"

他冷冷一笑说："棋道，没有什么技巧，也没有什么谋略，一个对弈高手，最大的技巧就是轻而易举能够发现自己的破绽，最高的谋略就是能够避免自己的失误！"后来，他培训的选手参加对弈大赛，和许多顶尖的棋手对决，很多高手都纷纷被他们一一击败。那些高手们惊讶不已，个个摇着头叹息说："这些年轻选手们太厉害了，虽说他们没有什么技巧和谋略，但我们却丝毫找不到他们的破绽和失误，他们赢就赢在他们没有失误上。"

获胜之后，那些年轻选手们欣喜若狂地回来向他报喜，他说："一个棋手能否赢得别人，技巧和谋略都无关紧要，最重要的是他要赢得自己，杜绝自己的失误。没有失误，就没有破绽，任何人都对你束手无策了。"

是啊，人生难道不是一场对弈吗？那些善于发现自己不足的人，他们及时克服自己的失误，不给对手留下丝毫破绽，稳扎稳打，步步为营，于是他们获胜了。

自己的失误，往往就是对手击败自己的机遇。许多时候，我们并不是失败于自己的弱小，而仅仅是失败于自己的失误。

成长课堂

发现自己的破绽，避免自己的失误，这是一个对弈高手最大的技巧，也是每个人都应必备的成功秘诀。当我们能够清楚地认识到自己的不足，克服自己的不足，还有什么人能够打败你呢？

男子汉宣言

从现在开始，我要认真审视自己，找到自己的不足并改正！

对自己的目标充满信心

威尔逊在创业之初，全部家当只有一台分期付款赊来的爆米花机，价值50美元。第二次世界大战结束后，威尔逊做生意赚了点钱，便决定从事地皮生意。如果说这是威尔逊的成功目标，那么，这一目标的确定，就是基于他对自己的市场需求预测充满信心。

当时，在美国从事地皮生意的人并不多，因为战后人们一般都比较穷，买地皮修房子、建商店、盖厂房的人很少，地皮的价格也很低。当亲朋好友听说威尔逊要做地皮生意，异口同声地反对。而威尔逊却坚持己见，他认为反对他的人目光短浅。他认为虽然连年的战争使美国的经济很不景气，但美国是战胜国，它的经济会很快进入大发展时期。到那时买地皮的人一定会增多，地皮的价格会暴涨。

于是，威尔逊用手头的全部资金再加一部分贷款在市郊买下很大的一片荒地。这片土地由于地势低洼，不适宜耕种，所以很少有人问津。

可是威尔逊亲自观察了以后，还是决定买下了这片荒地。他的预测是，美国经济会很快繁荣，城市人口会日益增多，市区将会不断扩大，必然向郊区延伸。在不远的将来，这片土地一定会变成黄金地段。

后来的事实正如威尔逊所料。不出三年，城市人口剧增，市区迅速发展，大马路一直修到威尔逊买的土地的边上。到处都建起了高楼大厦，城市已经像是飞速增长的树木一样，需要更大

男孩卡片

尼米兹号核动力航空母舰

尼米兹号是目前世界上排水量最大、载机最多、现代化程度最高的航空母舰，也是继"企业"号核动力航母之后，美国第二代核动力航母。　首舰"尼米兹"号于1975年服役。该级舰的舰体和甲板采用高强度钢，可抵御半穿甲弹的攻击，弹药库和机舱装有63.5毫米厚的"凯夫拉"装甲，舰内设有23道水密横舱壁和10道防火隔壁，消防、损管和抗冲击等防护措施完备，能够承受3倍于埃塞克斯级航母受到的打击。它能够进行远洋作战夺取制空和制海权，攻击敌海上或陆上目标，支援登陆作战及反潜等。

的空间来容纳城市里的人口。

这时，人们来到威尔逊的地盘，他们才发现，这片土地周围风景宜人，是人们夏日避暑的好地方。看着这里优美的环境，和城市里的水泥森林是那么的不同。让人们都很期待可以来这里住一些日子，放松自己的神经。

于是，这片土地价格倍增，许多商人竞相出高价购买，但威尔逊不为眼前的利益所惑，他还有更长远的打算。后来，威尔逊在自己这片土地上盖起了一座汽车旅馆，命名为"假日旅馆"。由于它的地理位置好，舒适方便，开业后，顾客盈门，生意非常兴隆。

从此以后，威尔逊的生意越做越大，他的假日旅馆逐步遍及世界各地。目光远大、目标明确的人往往非常自信，而自信与人生的成败息息相关。

 成长课堂

当人们对他的做法提出质疑的时候，威尔逊并没有因此动摇，因为他对自己的选择充满了信心，他相信自己作出了正确的判断，因此才会坚持做下去。他成功的原因，与其说是他的好眼光，不如说是他的自信精神。

 **男子汉宣言**

我要相信自己，坚持自己的目标。

读了这么多精彩的故事，和故事中的主人公比起来，你觉得自己能成为一个自信乐观的小·男子汉吗？不妨来训练营锻炼一下自己吧！

一个 傻 子 能做什么

琼尼·马汉16岁那年，升入了高中二年级，他虽然更加刻苦努力地学习着，但因为他的智商偏低，他的成绩和同学们越拉越大，校方婉转地示意他退学。没有文凭，又没有经验，没有什么地方肯用他这个"傻子"。他开始觉得自己是父母的一个累赘，陷入了痛苦的深渊中。

这天，他来到公园，坐在角落里。不知道过了多久，一位老人走过来和他搭话，他注意到老人装着一条假腿，少了一只胳膊，并且瞎了一只眼睛，一种同病相怜的感觉让他将自己的所有痛苦愁绪都说给了对方，老人对他说道："每个人都有一样是别人比不了的，你也有。"

你知道，之后他发生了什么变化吗？

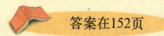

答案在152页

《受益匪浅的一次调查》答案：

洛克菲勒一想，这倒是个好办法：大部分的单位，求其盖个章还是很容易的。至于数据，照着那份填好的调查表，改动一下就是了。可是这样一来，公司搞这次调查也就毫无意义，调查表也就失去了任何参考价值。考虑再三，洛克菲勒最终还是谢绝了那位女经理的好意。期限到了，洛克菲勒垂头丧气地拿着3份调查表去交差。出人意料的是，一周后，那家公司打电话来通知洛克菲勒，他被正式录用了。

第四章

坚定执著是男子汉应有的品质

◀ 以前的我

我趴在窗户上看着窗外的大雪。

> 外面好冷啊，今天就不起来晨跑了。

我赖在床上，不起来跑步。

◀ 现在的我

下雪天，我仍然坚持跑步。

我满头大汗地回到家，爸爸鼓励我要坚持下去。

以前的我

我窝在沙发里玩着掌上游戏机。

又到月底了，我的读书计划还差好多呢……

我拿着读书计划发呆。

现在的我

每天我都按计划认真读书。

月底，我看着读书计划高兴地笑了。

以前的我

我兴高采烈地开始爬山。

这山太高了，我还是回去吧。

我站在半山腰，准备返回。

现在的我

我站在山顶，欣赏美丽的风景。

我给中途放弃的小伙伴描述山上的美景。

以前的我

我看着堆在书桌上的作业发呆。

今天作业太多了，不去练跆拳道了……

我懒懒地躺在沙发上。

现在的我

即使很累，我也坚持每天练习。

我打败了比我高一头的对手。

70

我的成长计划书

坚定执著是男子汉应有的品质

　　老师说我是一个"变化多端"的孩子，因为我总是在"调整"自己——学习目标，我总是一再降低，因为怕自己完不成；体育锻炼，我总是隔几天才会去一次，因为没有耐心和恒心……这些变化让我一直不能获得明显的进步。既然确立了目标，就应该坚定地去努力，执著不放弃是很多成功人士的共同特点！所以从今天开始，我也要以这个准则来要求自己，争取成为一个优秀的男子汉。

1. 计划好的学习任务，在没有完成之前我不允许自己出去玩耍。

2. 晨跑我已经坚持两个星期了，为了锻炼毅力，我要继续坚持下去。

3. 书法比赛成绩不理想，所以我要一直练下去，直到夺得第一。

4. 我的理想是成为一个优秀的建筑设计师，我要一直为这个目标努力。

5. 每天背诵一首唐诗，我要求自己一年内不许偷懒。

永远不能 放弃

　　1941年的一个清晨，他的母亲正在为他准备早饭，一群荷枪实弹的警察突然闯进了他的家，砸碎了房间里面所有能够看得见的东西，并且给他的母亲戴上了手铐。因为他的母亲是反战联盟的一员，写了大量反对德国纳粹的文艺作品。

　　他哭泣着去拉母亲的衣角，希望能够和母亲一起被带走，可是蛮横的警察却推开了他。他的母亲对着他大声喊："不要哭！男孩子需要的是坚强，记住了，儿子！等着妈妈回来和你在一起，记住了，活着就永远不能够放弃。"

　　母亲被带走了，当时他只有4岁！4岁的他茫然地看着惨遭洗劫的家，他不知道自己今后的生活如何过，自己要等待母亲到什么时候。

　　他开始四处流浪，寒冷和饥饿不时光顾他的身体，他只能蹲在街头的一个角落里。这些还不是令他最痛苦的，最让他痛苦的是那些比他大的乞丐经常找各种理由欺负他，每当被人打得发晕的时候，他就想到死，但这时候母亲那双看着自己的眼睛就在脑子里面显现。他就对自己说："妈妈一定会回来的，妈妈一定会回来的，我不能够放弃！"

　　晚上睡在桥洞里的时候，他就会在心里呼唤自己的母亲："妈妈，你在哪里？"而这个时候，他的母亲正躺在慕尼黑附近的达豪集中营里，已经被折磨得奄奄一息，他的母亲的心里同样在想着他，并且也对自己说不能放弃，永远不能放弃！

　　终于，美国大兵打开达豪集中营的大门，从成堆的囚犯尸体中发现了他的母亲，并且迅速送往医院抢救。一个月后，他母亲刚刚恢复了一些体力就固执地要求出院，并且对医生说："我不能再住在这里了，我要去找我的孩子！"

　　4年，整整4年！他的母亲不知道能否寻找到他，他的

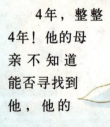

母亲一个城市一个城市疯狂地找，最后在一个街头的角落，他和母亲同时认出了对方。但让母亲惊呆的是，快9岁的他，瘦得已经没有了人形，而且正发着高烧。

母亲把他抱到维罗纳的医院，医生都不敢相信，这个体重只有20多斤的孩子竟然快满9岁了。严重的营养不足加上发烧正在摧毁着他的身体，他的母亲天天都拉着他的手在他耳边说："好儿子，妈妈回来了，我们不能够放弃，永远不能够放弃！"就这样他在维罗纳的医院躺了一个多月，终于缓过来了。

他的母亲从他住进医院的这一天，就决定了要带着他投奔在美国从事物理研究的哥哥，因为母亲不希望他未来的生活再次变得颠沛流离。

在美国，他对学习展现了极大的热情，并且在哈佛大学取得生物博士学位，开始了人类遗传学和生物学的研究。也许因为幼年时那段苦难生活的磨炼，他在自己的研究工作中即使遇到天大的困难，也从来没有产生过放弃的念头。

他就是2007年诺贝尔奖获得者、美国犹他大学医学院人类遗传学与生物学杰出教授——马里奥·卡佩奇，人们在他获得诺贝尔奖后采访他，他笑着对采访他的人说："我为什么成功？就因为我从来都不懂得什么叫做放弃！"

成长课堂

经历了那么多的苦难，尚能笑傲人生，马里奥的人生不得不让人感叹。其实苦难就是这样，经历了它，战胜了它，我们就会变得越来越强壮。经历的苦难越多，世上能压倒你的苦难就越少，你就会更加懂得什么叫做执著！

男子汉宣言

不管经历什么样的挫折和苦难，我都不会轻易放弃！

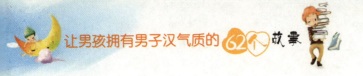
再努力一个星期

日本的名人市村清池，在青年时代担任富国人寿熊本分公司的推销员，每天到处奔波拜访，可是连一张合约都没签成。因为保险在当时是很不受欢迎的一种行业，大家都觉得保险并没有必要，自己的生活每天都是那么平凡和平淡，肯定不会有什么灾难发生在自己身上的，所以自己并不需要保险；再一点，当时的人们都觉得无形的保险产品就好像是一个圈套一样，所以他们对于保险业存在着严重的抵触心理，这导致市村清池的工作开展起来很难。

在68天之间，他没有领到薪水，只有少数的车马费，就算他想节约一点过日子，仍连最基本的生活费都没有。虽然每天都到处奔波，给人们讲解条款，希望可以促成自己的第一单生意，但是人们还是照样排斥他，把他的笑脸关在门外，有些人甚至不客气地请他出去。

到了最后，已经心灰意冷的市村清池就同太太商量准备连夜赶回东京，不再继续拉保险了。他不希望自己深爱着的太太再继续禁受自己的工作不如意所带来的痛苦，这让他有些无法承受，他打算回东京去，寻找其他工作机会，也许是一个小职员，足以养活自己和妻子，他也会很满足的。而此时，他的妻子却含泪对他说："一个星期，只要再努力一个星期看看，如果真不行的话……"

第二天，在妻子的鼓励之下，他又重新鼓起勇气到某位校长家拜访，这次终于成功了。后来他曾描述当时的情形说："我在按铃的时候之所以提不起勇气的原因是，已经来过七八次了，对方觉得很不耐烦，这次再打扰人家一定没有好脸色看。哪知道对方这个时候已准备投保了，可以说只差一张契约还没签而已。假如在那一刻我就这样过门不入，我想那张契约也就签不到了。"

这一次意想不到的成功，给了市村清

池一个希望，原来自己并不是那么差劲，原来还是有人愿意接受自己的保险产品。这一次的成功对于他来说，真的是意义非凡，就好像在深夜的路上，给了他一盏指路的明灯，让他觉得四周不再漆黑。

在签了那张契约之后，又有不少契约接踵而来，而且投保的人也和以前完全不相同，都是主动表示愿意投保。许多人的自愿投保给他带来无比的勇气。在一个月内他的业绩就一跃而成为富国人寿的佼佼者。

也许你不比别人聪明，也许你有某种缺陷，但你却不一定不如别人成功，只要你多一份坚持，多一份忍耐，多一份默默等待。

"再努力一个星期"，这是一种坚持，这种不放弃的精神让我们在最艰难的时刻都会紧紧握住手中的理想，为它奋斗。就像是黎明前总是最黑暗的时候一样，在希望就要出现的刹那，正是最容易让人放弃的时候，只要坚持下去，就会看到曙光。

成长课堂

"再努力一个星期"，这是一种坚持，这种不放弃的精神让我们在最艰难的时刻都会紧紧握住手中的理想，为它奋斗。就像是黎明前总是最黑暗的时候一样，在希望就要出现的刹那，正是最容易让人放弃的时候，只要坚持下去，就会看到曙光。

男子汉宣言

我相信：在最艰难的时候，正是我最接近成功的时候。

把斧子卖给总统

美国布鲁金斯学会之所以闻名于世，是因为它培养出了一批又一批世界上最杰出的推销员。它有一个传统，就是在每期学员毕业的时候，都要设计出一道最能体现推销员能力的实习题，让学员们去完成。

克林顿当政期间，他们出了这么一个题目：请把一条三角裤推销给现任总统。8年间，先后有无数个学员为此而绞尽脑汁，可是最后都无功而返。克林顿卸任后小布什当政，布鲁金斯学会把实习题改为：请把一把斧子推销给现任总统。

鉴于持续了8年的失败与教训，绝大多数学员知难而退，甚至不少学员断定，把一把斧子推销给布什总统同把一条三角裤推销给克林顿总统一样，势必毫无结果。因为布什总统什么都不缺少，退一步说，即使缺少，也用不着他亲自购买。

2001年5月20日，一位名叫乔治·赫伯特的推销员，成功地将一把斧子推销给了布什总统。

布鲁金斯学会得知这一消息后，把刻有"最伟大的推销员"字迹的一只金靴子授予了他。这是自1975年以来，继该学会的一名学员成功地把一台微型录音机卖给尼克松总统之后，又一名学员获此殊荣。

其实，乔治·赫伯特的成功，并没有费多少功夫，也不像许多人想象的那么艰难。一位记者在采访他的时候，他是这样说的：我认为，把一把斧子推销给布什总统是完全可能的，因为小布什总统在得克萨斯州有一个农场，农场里面长着许多树。于是，我给他写了一封信，说：有一次，我有幸参观了您的农场，发现里面长着许多矢菊树，有些已经死掉，木质已变得松软。我想，您一定需要一把斧头。但是从您现在的体质来看，那些新型的斧头显然太轻，因此您仍然需要一把不甚锋利的老斧头。现在我这儿正好有一把这样的老斧头，很适合砍伐枯树。假若您有兴趣的话，请按这封信所留的信箱，给予回复……不久，布什总统就给我汇来了15美元。

为什么布鲁金斯学会不把金靴子奖授予那些显赫于世界各国的巨富，而偏偏授予将一把斧子推销给了布什总统的人呢？

布鲁金斯学会负责人在表彰乔治·赫伯特的时候，说了下面一段话，客观上很好地回答了上面的问题："金靴子奖已空置了26年。26年间，布鲁金斯学会培养了数以万计的推销员，造就了数以百计的百万富翁。这只金靴子之所以没有授予他们，是因为我们一直想寻找这么一个人：这个人不因有人说某一目标不能实现而放弃，不因某件事情难以办到而失去自信。"

 成长课堂

布鲁金斯学会授予的金靴子又一次告诉世人，别人没有成功并不等于自己一定也不能成功；过去没有成功并不等于将来一定也不能成功。在不轻言放弃、不丧失信心的人面前，在坚持不懈、知难而进的人面前，总会有一片充满希望的天地。

 **男子汉宣言**

要获得成功，最重要的就是坚定地去做，去为目标努力！

突破 10秒 大关

1968年，在墨西哥奥运会的百米赛道上，美国选手吉·海因斯撞线后，转过身子看着运动场上的计时牌，指示灯打出了9.95秒的字样，这标志着在人类历史上第一次有人在百米赛道上突破了10秒大关。就在此刻，海因斯摊开双手自言自语地说了一句话。可是，由于当时他身边没有话筒，海因斯到底说了句什么，谁都不知道。

上面的这一情景通过电视转播，至少有几亿人都看到了。但令人遗憾的是，到会的431名记者竟全都漏掉了这一新闻点。

16年之后，即1984年洛杉矶奥运会前夕，一位叫戴维·帕尔的记者在办公室回放奥运会的资料片。当他再次看到海因斯撞线后说话的镜头时想，这是人类历史上第一次有人在百米赛道上突破10秒大关，海因斯在打破纪录的那一瞬间，一定是说了一句不同凡响的话。于是他决定去采访海因斯，问他当时到底咕哝了一句什么话。

凭着做体育记者的优势，他很快找到了海因斯。16年前的录像唤起了海因斯的记忆。"我是说，上帝啊！那扇门原来虚掩着。"

谜底揭开之后，戴维·帕尔针对这句话对海因斯进行了采访。海因斯说，自1936年5月25日在柏林奥运会上，美国的天才运动员欧文斯创造了10.3秒的百米短跑世界纪录之后，这一纪录保持了30年。

以詹姆斯·格拉森医生为代表的医学界权威断言，人类的肌肉纤维所承载的运动极限不会超过每秒10米，不可能在10秒以内跑完百米。30年来，这一说法在田径场上非常流行，我也相信这是真的，但是我想我一定要争取跑出10.01秒的成绩。于是，

每天我以自己最快的速度跑5公里。因为我知道，百米冠军不是在百米赛道上练出来的。当我在墨西哥奥运会上看到自己9.95秒的纪录之后，我惊呆了，原来10秒这个门不是

德国MP5微型冲锋枪

MP5是由德国HK公司开发研制的微型武器。1966年秋，西德国境警备队将试用的MPHK54命名为MP5(MachinePistol5)冲锋枪。这个试用的名称就这样沿用至今。20世纪70年代是都市游击战的疯狂年代，恐怖分子袭击重要人物时多采用火力猛烈的冲锋枪和突击步枪。而保护要人的警卫感到需要同样火力猛烈的全自动武器，而且为出入公众场面，这种武器还需要像半自动手枪那样可以隐藏在衣服下，避免引人注目，而MP5满足了上述要求。

紧锁着的，它是虚掩着的，就像终点那根横着的绳子一样。

原来，只要我们去尝试，只要我们坚持去做，上帝就会打开那扇门，让我们获得成功！这种精神力量比那一次比赛的成绩更值得让所有人去铭记。

 成长课堂

在这个世界上，许多极限是可以超越的，许多门都是虚掩着的。只要我们尽力去尝试，坚持去做，一定可以获得成功。当我们遇到挫折时，我们应该扪心自问，你是否已尽了全力，你是否坚持到了最后？

 男子汉宣言

只有坚定地奔向目标，才能够轻松推开成功的大门。

巨鲸腾飞的奥秘

看到过巨鲸跳出水面做各项特技动作表演的人，往往会惊叹不已：一条体重达到8600多公斤的大鲸鱼，跳过水面上绳子的高度，远远超过了人们的想象，竟能高达6.6米。

许多人都会问，训练师到底用了什么神奇的办法，使这个庞然大物创造了如此令人难以想象的纪录？一次偶然的机遇，使我了解了巨鲸腾飞的奥秘。

其实，训练师所用的主要方法很简单，就是对希望巨鲸重复出现的行为加以鼓励。具体地说，这种行为起初指的是让巨鲸从绳子上方游过，后来指的是从绳子上方跳过。训练师最初先把绳子放在水面之下，引诱巨鲸从绳子上方通过，而巨鲸每次通过绳子上方之后，都会得到鼓励：或给它鱼吃，或爱抚它，或和它玩一会儿，使巨鲸继续开发自身的潜力。

也许有人会问，如果巨鲸从绳子下方游过，那该怎么办？这的确是一个不可忽视和无法回避的实际问题。此时，训练师不会用批评，不会用电击，不会用声色俱厉的警告，但是会用行动告诉巨鲸，从绳子下方通过的行为不会受到欢迎，因为没有人给它鱼吃，没有人爱抚它，也没有人和它玩儿，总之得不到任何的鼓舞和奖励。

日复一日，当巨鲸从绳子上方通过的次数逐渐多于从下方通过的次数时，训练师就会把绳子提高，当然提高的速度必须很缓慢。这样，巨鲸无论在精神上还是在体能上，都不会产生压力、不满或厌倦。

年复一年，简单的事情坚持做下去，就可能出现不简单；普通的事情坚持做下

去，就可能出现不普通；一般的事情坚持做下去，就可能出现不一般；平凡的事情坚持做下去，就可能出现不平凡。巨鲸每天进步一点点，也就是在一点点

核动力潜艇

核潜艇是潜艇中的一种，指以核反应堆为动力来源设计的潜艇。由于这种潜艇的生产与操作成本高，加上相关设备的体积与重量大，只有军用潜艇采用这种动力来源。核动力潜艇水下续航能力为20万海里，自持力达60~90天。作为战略打击力量，核潜艇可以装备带核弹头的弹道导弹或飞航式导弹。按武器装备可以分为鱼雷核潜艇和导弹核潜艇。在军事战争中，因为其强大的续航性备受关注。

地靠近奇迹。功夫不负苦心人，训练师只凭上面的这些方法，却创造出了巨鲸跳出水面的惊人奇迹。

人是万物之主宰，是宇宙之精英，无疑比巨鲸具有更大的潜能。许多成功学者的研究成果证明，让人发挥出最大潜能的方法，正是司空见惯和习以为常的鼓励。通过正确的引导和科学的鼓励，任何一个看似普通的人，都可以成就一番让世人刮目相看的业绩。

成长课堂

把一个微小的动作重复无数遍，把一件简单的事情坚持做下去，就会出现让人叹为观止的奇迹来。巨鲸在坚持不懈地努力通过绳子，而训练师也在坚持不懈地引导它，他们的坚持终于创造出腾飞出水面的绝妙场景，作为普通人的我们，也只要坚持不懈地去做，也必然可以做到让人惊叹的成就。

男子汉宣言

坚持不懈地做一件简单的事情，我也可以创造出奇迹来。

再挖三尺就是黄金

　　青年农民达比卖掉自己的全部家产，来到科罗拉多州追寻黄金梦。他围了一块地，用十字镐和铁锹进行挖掘。每天他都勤劳地操作着，从早到晚不休息，因为他心中充满了对于挖出金矿这件事情的激情。这种力量让他觉得自己每天工作24个小时都不会觉得累。

　　经过几十天的辛勤工作，达比终于看到了闪闪发光的金矿石。继续开采必须有机器，他只好悄悄地把金矿掩埋好，暗中回家凑钱买机器。他的心里充满了喜悦，认为自己千辛万苦终于接近了成功，为此，他对未来做出了美好的勾勒。当然，只有挖出金矿，才能为他带来财富，有了财富的基础他才能去做这一切。

　　当他费尽千辛万苦弄来了机器，继续进行挖掘时，不久就遇到了一堆普通的石头，他很颓丧，认为上帝在愚弄自己，原来已经要接近金矿了，为什么现在又忽然变成石头？难道这是一个上帝的玩笑？

　　达比认为：金矿枯竭了，原来所做的一切将一钱不值。他难以维持每天的开支，更承受不住越来越重的精神压力，只好把机器当废铁卖给了收废品的人，"卷着铺盖"回了家。

　　收废品的人请来一位矿业工程师对现场进行勘察，得出的结论是：目前遇到的是"假胍"。也就是覆盖在金矿上面的一层石头，它们保护着下面的金矿。如果再挖三尺，就可能遇到金矿。收废品的人按照工程师的指点，在达比的基础上不断地往下挖。正如工程师所言，他遇到了丰富的金矿胍，获得了数百万美元的利润。

　　达比从报纸上知道

男孩卡片

81式自动步枪

81式自动步枪是中国军队装备的一种制式步枪。81式自动步枪是一种性能优良的武器，精度好、动作可靠、操作维护简便，在实战中表现良好。该枪的出现基本适应了一枪多用、枪族系列化、弹药通用化的发展趋势，极大地方便了训练、使用和维修，既加强了战斗分队的战斗力，也为枪械互换、增强火力提供了条件。81枪族取得的成就和经验，特别是开式弹鼓的创新发明，为步枪新的研制和发展创造了条件。

这个消息，气得顿足捶胸，追悔莫及。

无论做什么事情都不能半途而废，在看准了的前提之下，就是虎穴龙潭也要干下去。当然，"看准"不是一件像说话那样简单的事情，自己没有把握，就要去找内行，千万不要蛮干。很多咨询公司如雨后春笋般出现，就是很多事情都需要专家"点拨"的最好证明！而我们最需要的那种"点拨"其实就是生活中那种坚持的精神，当我们最接近成功的时候，也就是我们感觉到最大压力的时候，需要一些鼓励，让我们得以再坚定地走下去，直到获得最终的成功。

希望有了这个故事，所有的人都不会再错过那个近在咫尺的金矿。

成长课堂

我们都为了获取成功付出了很多的努力与汗水，而越接近成功需要付出的汗水就越多，往往到了这个时候，很多人就会放弃，因为无法坚持。在经过了长久的积累之后，接近成功的瞬间也许是我们压力最大的时候，但是度过这个瞬间，成功就会朝我们微笑了。

男子汉宣言

越是接近成功，就越要付出加倍的努力和耐心。

寻找一束光

福勒最初家境不好，为了生计，他5岁参加劳动，9岁之前就像大人一样以赶骡子为生。在母亲的鼓励下，他开始思考如何致富。他选择了肥皂业。于是，他像我们现在很多的推销员那样，挨家挨户地推销肥皂。12年之后，他终于有了2.5万美金。这点钱在当时对他来说是多么重要啊！

正好，福勒获悉供应他肥皂的那家公司要拍卖出售，售价是15万美金。福勒兴奋极了，由于兴奋他竟然忘记了自己只有2.5万美金。他与那家公司达成协议，先交2.5万美金作为保证金，然后在10天之内付清余款，否则，那笔保证金——也就是他的全部财产——将不予退还。福勒兴奋地说了一个字："行。"

这时福勒其实已经把自己逼上绝路，但他感到的不是绝望，而是成功的兴奋。是什么使他敢于如此冒险呢？是那个致富的念头，是他对人生的积极心态。

福勒开始筹钱。由于做了12年的推销员，他在社会上建立起很好的人缘。朋友们借给他11.5万美金，只差1万美金了。但是，这时已经是规定的第10天的前夜，而且是深夜，所以那1万美金就不是个小问题。福勒发愁了。但是，致富的念头以及对人生的积极心态，使他没有失望。他在深夜再次走上街头。

成功之后福勒说："当时，我已用尽我所知道的一切资金来源。那时已是沉

84

沉深夜，我在幽暗的房间中跪下祈祷，祈求上帝引导我见到一个能及时借给我1万美金的人。我驱车走遍61号大街，直到我在一幢商业大楼看到第一道灯光。"

这便是福勒最著名的"寻找灯光"的故事。

当时已是深夜11点。福勒走进那幢商业楼，在昏黄的灯光里看到一个由于工作而疲乏不堪的先生。为了顺利履行那份购买肥皂公司的协议，福勒忘记了一切，心中只有勇气和智慧。他不假思索地说："先生，你想赚到1000美金吗？"

"当然想喽……"那位先生因为这个好运气的突如其来而有点惊慌失措。

"那么，给我开一张1万美元的支票，等我归还您的借款时，我将另付您1000美金的利息。"福勒于是讲述了他面临的困境，并把有关的资料让那位先生看。福勒拿到了那1万美金。

福勒经过12年的潜心经营，终于在那天深夜碰到了机遇，此后即一发不可收拾，他终于迈进世界巨富的行列。

成长课堂

为什么有些人遇到困难会迎头而上？因为他们相信在困难的后面隐藏着他们成功的秘密，而一个敢于面对困难，迎着那束困难的光走下去的人，也必然是一个敢于迎接挑战的人。那束光是成功的召唤，让他勇敢地走向成功。

男子汉宣言

多一点耐心，多一份勇气，成功马上就会来临。

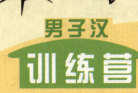

读了这么多精彩的故事，和故事中的主人公比起来，你觉得自己能成为一个坚定执著的小·男子汉吗？不妨来训练营锻炼一下自己吧！

化 蛹 为 蝶

有一个加拿大男孩儿，小的时候说话口吃，曾因疾病导致左脸局部麻痹，嘴角畸形，讲话时嘴巴总是向一边歪，而且还有一只耳朵失聪。母亲看后心疼得直流眼泪。男孩儿坚强地对妈妈说："妈妈，听说每一只漂亮的蝴蝶，都是自己冲破束缚它的茧之后才变成的。我一定要讲好话，做一只漂亮的蝴蝶。"

你知道，这个小男孩儿怎样变成一只漂亮的蝴蝶吗？

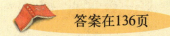

答案在136页

《把鲜花送给对手》答案：

每次卡菲罗都顽强地挣扎着起身，每次都不等裁判将"三"叫出口，巴雷拉就上前把卡菲罗拉起来。卡菲罗被扶起后，他们微笑着击掌，然后继续交战。最终，卡菲罗以108∶110的成绩负于巴雷拉。观众潮水般涌向巴雷拉，向他献花、致敬、赠送礼物。巴雷拉拨开人群，径直走向被冷落在一旁的老将卡菲罗，将最大的一束鲜花送进他的怀抱。两人紧紧地拥在一起，相互亲吻对方被击伤的部位，俨然一对亲兄弟。卡菲罗真诚地向巴雷拉祝贺，一脸由衷的笑容。他握住巴雷拉的手高高举过头顶，向全场观众致敬。

第五章
勇于承担责任是男子汉成熟的标志

◀ 以前的我

踢球时打破了邻居的窗户, 我悄悄躲了起来。

我回到家, 总是觉得很内疚。

◀ 现在的我

妈妈询问我原因, 我告诉了她。

我去邻居家道歉, 并赔偿玻璃钱。

以前的我

我坐在一大堆零件中发呆。

完成作业就可以了。

我找来表哥帮我完成航模的制作。

现在的我

我告诉表哥要自己完成，让他先回家。

我自己认真完成了任务。

以前的我

老师批评我们小组没有完成任务。

都是你们偷懒……

我埋怨伙伴没擦干净玻璃。

现在的我

我帮助小伙伴们一起擦玻璃。

看着干净的玻璃,我们开心地笑了。

我和弟弟在房间里打闹追逐。

都是弟弟的错，不关我的事。

奶奶责怪我和弟弟把房间弄乱。

现在的我

我和弟弟向奶奶道歉，一起收拾屋子。

我和弟弟在整洁的屋子里做游戏。

我的成长计划书

勇于承担责任是男子汉成熟的标志

做错事，又不是我的错，都怨他们拖我后腿；闯祸了，趁没有人看见赶快跑掉……以前的我，总是这样逃避责任。但是现在我知道自己已经长大了，我要承担起自己的责任来，如果做错了什么事情，我要勇于承认自己的错误，再也不将责任推给别人。从今天起，我要让自己成为一个有责任感、勇于承担责任的男子汉！

1. 虽然是和弟弟一起犯的错，但我比他大，所以我要承担主要责任。

2. 老师交给小组的任务我要首先去做，因为我是小组长嘛。

3. 和同学一起出游，我要帮助老师做好领队的工作，不让一个同学掉队。

4. 我要听爸爸妈妈的话，因为让他们少一些烦恼也是做儿子的责任。

5. 如果我再做错事，我一定会及时道歉，绝不逃跑。

用200法郎购买20分钟

1779年，德国哲学家康德计划到一个名叫珀芬的小镇去拜访朋友彼特斯。在出发之前，他曾写信给彼特斯，说3月2日上午11点钟前到他家。

康德是3月1日到达珀芬的，第二天清晨便租了辆马车前往彼特斯家，如果不出意外，他9点半钟就能到达彼特斯家里。彼特斯住在离小镇12英里远的一个农场里，小镇和农场间有一条河。康德坐在马车上，一路欣赏着美妙的田园风景，心情很愉快，这将是一次充满了愉悦的拜访。

可是，当马车来到河边时，车却忽然停下来了，康德走下车来，问车夫发生了什么事，车夫说："先生，我们不能再往前走了，桥坏了。"

康德看了看桥，发现中间已经断裂。河虽然不宽，但很深。这座桥也许是使用的年代有点太久了，所以横梁在遭受了长久的风吹雨淋之后已经腐朽，不能再承担桥身给它的重量，于是它罢工了，而整条河就阻断了这条路。康德看到这些，焦虑地问："请问，附近还有别的桥吗？"

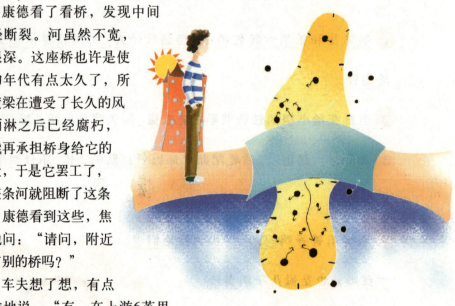

车夫想了想，有点为难地说："有，在上游6英里远的地方。"

康德看了一眼表，已经10点钟了，问："如果走那座桥，我们什么时候可以到达农场？"康德想知道自己是不是能够准时地到达朋友的居所。

"我想得12点半钟。"车夫看到了康德的焦急，也不知道该决定走哪条路。

"可如果我们经过面前这座桥，最快能在什么时间到？"康德再一次焦急地问。

"不到40分钟。"车夫回答说。

"好！"康德跑到河边的一座农舍里，向主人打听道："请问您的那间小屋要多少钱才肯出售？"

"给200法郎吧！"

康德付了钱，然后说："如果您能马上从小屋上拆下几根长木板，20分钟内把桥修好，我可以把小屋赠送给您。"

农夫把两个儿子叫来，按时完成了任务。马车快速地过了桥，10点50分赶到了农场。在门口迎候康德的彼特斯高兴地说："亲爱的朋友，您真准时。"

康德笑了。

在康德回去之后，他的朋友获知了这个消息，原来是他修好了桥才见到自己。他写信说大可不必。但是康德却说：我不能让自己在确定了时间之后还迟到，这是一种不负责任的表现。守时对我来说是必须做的，这样做也是为了节省您的时间啊！他的朋友收到信，笑着对身边的人说："看，这就是康德！"

成长课堂

　　守时，是对自己的一种肯定，也是对别人的一种尊重，能表现出一个人对人对事的重视程度。守时是一种无形的承诺，既是对自己为人的承诺，也是对他人尊重的承诺。守住那份承诺，才能收获更多。

男子汉宣言

　　守时的人是充满了责任感而值得相信的人，我也要做一个守时的人！

奔驰 的魅力

1999年，在美国《财富》杂志对全球500家最大企业的排行榜中，奔驰公司名列第二，年营业收入1546.15亿美元，利润56.56亿美元，资产额1597.38亿美元。举世公认，奔驰汽车制造公司是德国最大、世界著名的汽车制造公司。

100多年来，为什么奔驰汽车制造公司具有长盛不衰、永葆青春的魅力呢？请先看看下面这个被收入百年管理经典中的一件小事，也许不无启示。

一次，一个法国农场主驾驶着一辆奔驰货车从农场出发，到德国去。他的心情自然很好，因为他驾驶着安全可靠的奔驰货车。

可是，当车开到了一片前不着村后不着店的荒野时，发动机突然出现了故障。生气无济于事，农场主决定求援，碰碰运气。他联系上了远在联邦德国的奔驰汽车公司总部。

几个小时过后，天空中传来了飞机的轰鸣声，他万万没有想到，原来奔驰汽车修理厂的工程师和检修技术人员坐着直升飞机赶来了。

他们下了飞机，第一件事就是道歉："对不起，让您等急了。但现在您不需要等太长时间了，我们完全有把握，很快就可以把汽车修好。"

他们一边安慰法国农场主，一边干净利落地维修发动机。农场主心想，修理费是少不了的，因为他们是开飞机来的。他做好了同他们讨价还价的准备。

像他们所承诺的那样，奔驰货车很快就被修好了。

农场主担心地问："多少钱？"

"免费。"

农场主不敢相信自己的耳朵。"免费？"

"是的。"一个负责的工程师说："出现这种情况，是我们的质量检验没有做好，我们应当为您提供无偿服务。"

奔驰公司不仅没收维修费，而且随后为这个法国农场主免费换了一辆崭新的奔驰货车。

后来，这个农场主将此事的经过和感受写成文章，发表在颇有影响的《生产、销售与服务》杂志上。文章的题目是《奔驰的魅力》，其中有这样的一段话："搞好服务，利润自来。一个公司如果能比竞争对手更好地满足顾客的需要，就能受到顾客的高度青睐。"

《生产、销售与服务》杂志在发表此文时，还特地配发了编者按。其中写到："公司应树立这样的理念：服务第一，销售第二，生产第三。把服务或顾客放在第一位，利润也就会处在第一位。顾客的满意，就是最佳广告语；满意的顾客，就是最好的推销员。"

成长课堂

一个对自己的承诺负责的公司，是一个勇于承担责任的公司。而一个对自己的承诺负责的人，也必然是一个可靠的人。这样的公司和这样的人，可以获得别人的信任，也必然可以获得更大更长远的成功。

男子汉宣言

我要把自己的承诺当作生命一样爱护，让自己做一个负责的人。

坦言失误

1928年，大散文家沈从文被当时任中国公学校长的胡适聘为该校的讲师。沈从文时年才26岁。虽然他学历只是小学文化，身上还带着一股泥土气息，却以灵气飘逸的散文震惊文坛，已颇有名气。

但是，名气不等于经验，也不等于胆量。在他第一次走上讲台的时候，除原班学生外，慕名来听课的人也很多。面对台下座无虚席渴盼知识的学子，这位大作家竟整整呆了十分钟，一句话也说不出来，真是茶壶煮饺子，肚子里有数倒不出来。后来，他开始讲课了，由于害怕，原先准备要讲一课时的内容，被他三下五除二地在十分钟内就讲完了。

课讲完了，可离下课的时间还早呢，他没有死撑面子天南海北地胡扯下去，而是老老实实地拿起粉笔，在黑板上一笔一画端端正正地写道："今天是我第一次上课，人很多，我害怕了。"

于是，这老实可爱的坦言失误，引得课堂上爆发出一阵善意的欢笑。原本心怀不满，认为他是盛名之下其实难副的学生，也毫无怨气了。

胡适知道后，对沈从文的举动很赞赏，评价这次讲课时，认为是"成功"了！成功就成功在敢于坦言失误。

美国前总统，亚伯拉罕·林肯也是一个敢于坦言失误的人。

有一次，林肯和儿子罗伯特驱车上街，遇到一队军人在街上通过。林肯随口问一位过路人："这是什么？"林肯原本是想问他们是哪个州的部队，但表达失误，没有说清楚。

那人却误以为林肯连军人都不认识，便粗鲁地回答说："这是联邦的军队！你是个他妈的大笨蛋！"

林肯面对着一个普通路人对自己的斥责，只说了声"谢谢"，毫无半点怒容。他关上车门后，严肃地对儿子说："有人在你面前说老实话，这是一种幸福。我的确是一个他妈的大笨蛋。"

人非圣贤，孰能无过。失误，对任何人来说都是难以完全避免的。其实，失误并不可怕，可怕的是不能坦言失误，甚至掩饰失误。坦言失误是勇敢和诚实的表现，是心胸开阔和充满自信的表现，是争取谅解、赢得人心和反败为胜的好办法。

 成长课堂

一个勇于负责的人，必定是一个勇于承认自己的错误的人，敢于面对自己的错误是一个人责任心的最根本体现。我们每个人都不可避免地会有错误发生，重要的是发生错误之后的态度，这才是看一个人人品的关键所在。

 男子汉宣言

勇于承认自己的错误，我会对自己更加负责。

放走不该钓的鱼

他才11岁，只要他一到父亲位于新汉普郡湖心岛上的度假小屋，就一定要找机会去钓鱼。

钓鲈鱼季开放的前一天黄昏，他随父亲到湖边用小虫捕钓翻车鱼和河鱼。他绑上银色的鱼饵，开始练习抛钓线。映着夕阳余晖，鱼饵投在水面上，引起一圈圈彩色的涟漪。待月亮升上湖面后，投饵的涟漪转变成银白色。

他的鱼竿变重了，他知道线的另一端一定有条大鱼。父亲用赞赏的目光，看着男孩儿技巧地将鱼拖到码头边。

终于，他满心喜悦地将那尾精疲力竭的鱼拉出水面。这是他钓过的最大的鱼，但却是一条鲈鱼。

男孩儿和父亲望着这条完美的鱼，鱼儿在月光里上下鼓动着鱼鳃。父亲点根火柴看看手表，才晚上10点——离钓鲈鱼季开放的时间还差两小时。他望望鱼，又看看男孩儿。

"儿子，你得把它放回去。"他说。

"爸！"男孩儿叫道。

"还有其他鱼嘛！"父亲说。

"可是都没有这条大呀！"男孩儿说。

他望望四周，月光下的湖面并没有其他的钓鱼人或船只，他又用乞求的眼光看着父亲。

既然没有人在场，根本不会有人知道他何时钓到了这条鱼。但男孩儿从他父亲坚定的语调中明白，父亲决定的事不容妥协。他慢慢从大鱼的嘴里取回鱼钩，将鱼放回黑漆漆的湖水中。那鱼有力地扭动了两下身躯，不一会儿便消失踪影。男孩儿心想，他恐怕再也见不到这么大的鱼了。

那已是34年前的往事。如今，男孩儿已成为纽约一名成功的建筑

师。他父亲的度假小屋仍在那座湖心的小岛上。男孩儿也会带着自己的子女在相同的码头钓鱼。

他想得没错，他从未再钓到过和他很久以前放走的那条一样大的鱼。但每

转轮手枪

手枪是近战和自卫用的单手发射的短枪，在50米内具有良好的杀伤效力。手枪按构造又可分为转轮手枪和自动手枪。13世纪，中国的军队已装备了手持火铳。人们认为转轮手枪是美国人塞缪尔·柯尔特于1835年发明的，因为在1835年10月22日，柯尔特获得了专利号为6909号的英国专利，其专利产品就是转轮手枪。此外，在民用自卫武器市场上，转轮手枪占有的份额也较大，是最受欢迎的枪种，这与转轮手枪外型美观是分不开的，1981年，美国第40任总统里根遭暗杀受伤，凶手钦克利使用的就是从市场上购买的转轮手枪。

当他面临道义上的歧路口时，他会一再看见那条相同的鱼。

就像他父亲教过他的，道德是很简单的对错问题，只有在实践道德时才困难。当身边没有旁人时，我们也做正确的事吗？赶时间时，我们是否能拒绝偷工减料呢？当从不正当渠道获得绝密的股市信息时，我们是否能拒绝横财的诱惑呢？

如果在我们小的时候，便有人教我们将那鱼放回去，现在我们就会做出正确的选择。因为我们已学到了真理。

成长课堂

一个勇于负责的人，必定是一个勇于承认自己的错误的人，敢于面对自己的错误是一个人责任心的最根本体现。我们每个人的都不可避免地会有错误发生，重要的是发生错误之后的态度，这才是看待一个人人品的关键所在。

男子汉宣言

勇于承认自己的错误，我会对自己更加负责。

卢梭心头的

红丝带

法国著名思想家卢梭在《忏悔录》中记述了他自己小时候的一件事情。

卢梭小时候家里很穷，为求生计，只好到一个伯爵家做小佣人。伯爵家的一个小侍女有条漂亮的小丝带，很讨人喜爱。有一天，卢梭趁没人的时候，从侍女床头拿走了小丝带，跑到院里玩了起来。被一个仆人发现就告诉了伯爵。伯爵大为恼火，厉声追问起小丝带是如何来的。卢梭知道，如果说了实话，一定会失去工作，就一口咬定是小厨娘玛丽永偷给他的。不论玛丽永如何哭泣，卢梭就说是玛丽永偷的，并编得有鼻子有眼，叫人不能不信。后来，伯爵来个各打四十大板，将两个人都开除了。

不论是谁，都有犯错的时候，都会因这样那样的原因而撒谎。卢梭更不例外。既然是人人都会难免犯错，那就关键看对待错误的态度。犯错并不可怕，可怕的是没有认识到错误，或者说认识到了就是不去改正。卢梭不仅混淆了事情的真相，而且伤害了另一个无辜的人，那就更得看他对待错误的态度了。

当时，在场的一个长者曾对卢梭说了这样的一段话："你们之中必有一个是无辜的，说谎的人一定会受到良心的惩罚。"果然，这件事给卢梭带来了终身的痛苦。四十年后，他在本人的自传《忏悔录》中坦白说："这种沉重的负担一直压在我的良心上……这种残酷的回忆，常常使我苦恼，在我苦恼得睡不着的时候，便看到这可怜的姑娘前来谴责我的罪行。"撒谎让卢梭一生遭受了很大的痛苦，可他毕竟勇敢地说出来，承认了自己的过错。

40 年后，才敢承认，却不知道一位姑娘承受着比撒谎更大的痛苦，被人无端

的冤枉，失去工作是小事，可冤枉背了40年，如果卢梭不良心发现，也许她还会背更长的时间。所以，卢梭承认错误固然很好，可却失去了最好的时间，只知道

自己痛苦，想到别人的痛苦了吗？错过了时间，便错过了一切，有时，时机失去以后，任何的弥补都显得难济于事，名人也不例外。因为不能承担自己的过错而给别人造成了伤害，这种行为即便是卢梭自己也会觉得羞愧难当。

　　在心灵上没有划下伤痕的时候认错，是对待自己，也是对待别人最恰当的时刻，也是让自己的过错不再折磨自己和别人的最佳时机。错过这个机会，也许暂时的轻松会让我们庆幸，而长久的折磨会让你良心不安，这才是最最残酷的事情。

 成长课堂

　　每个人都难免会犯错，但是不是每个人都能及时地改正自己的错误。当我们失去认错的机会，就会在别人、自己的心中划下一道深深的伤痕。所以，要及时地认错，这是对别人、对自己认真负责的表现。

 **男子汉宣言**

　　当我犯了错误的时候，我一定要及时认错。

男子汉
训练营

读了这么多精彩的故事，和故事中的主人公比起来，你觉得自己能成为一个勇于承担责任的小男子汉吗？不妨来训练营锻炼一下自己吧！

福克斯父亲拆亭子

查尔斯·詹姆斯·福克斯是英国著名政治家，他以"言而有信"获得了政界较高的赞誉。当福克斯还是一个孩子时，有一次，福克斯父亲打算把花园里的小亭子拆掉，再另行建造一座大一点的亭子。小福克斯对拆亭子这件事情非常好奇，他要求父亲拆亭子的时候一定要叫他。小福克斯刚巧要离家几天，他再三央求父亲等他回来后再拆亭子，福克斯的父亲敷衍地说了一句："好吧！等你回来再拆亭子。"

过了几天，等小福克斯回到家中，却发现旧亭子早已被拆掉了，小福克斯心里很难过。吃早饭的时候，小福克斯小声地对父亲说："你说话不算数！"父亲听了觉得很奇怪，说："不算数？什么不算数？"原来父亲早已把自己几天前说过的话忘得一干二净。

你知道在这样的情况下，福克斯的父亲是怎样做的吗？

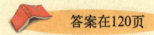

答案在120页

第六章

坚强勇敢是男子汉应具备的性格

以前的我

我和小伙伴一起参加野外训练。

又苦又累，我要回家啊！

训练太艰苦，我让妈妈接我回家。

现在的我

看见坚持训练的小伙伴，我很惭愧。

我坚持完成了野外训练。

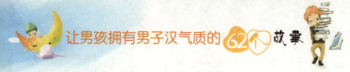

以前的我

我担心地望着即将下雨的天空。

好大的雨,
恐怖的雷声,
吓得我不敢
入睡……

深夜窗外雷雨交加,我蜷缩在床底。

现在的我

我将家里的门窗关好。

下雨时,我躺在床上安然入睡。

以前的我

上体育课时,我在进行百米测验。

天哪,我流血了,真的好疼啊,妈妈,快来啊……

摔倒时,我抱着受伤的胳膊大哭。

现在的我

我让其他同学继续参加测验,自己处理伤口。

医务室

我用手按住受伤部位,走向医务室。

以前的我

那是张叔叔,可怎样招待他……

家里来客人了,爸爸在招呼他。

家里来客人,我胆怯地躲在门后。

现在的我

我面带微笑给客人倒茶。

张叔叔夸我是个懂礼貌的好孩子。

我的成长计划书

坚强勇敢是男子汉应具备的性格

在生活中的很多时候，我都不是很勇敢坚强，像个"爱哭的胆小鬼"。比如：每当家里来了陌生客人时，我就躲在卧室里，不敢出来见人；还有上次体育活动，我不小心跌倒，腿蹭破了点皮，尽管不是很疼，但我还是当着全体同学和体育老师的面，号啕大哭起来……现在想起这事，我都有点难为情呢！我一定要变得勇敢坚强，这样才会成为一个真正的小男子汉。

1. 上课时，我要勇于提问，也要勇于回答老师提出的问题。

2. 有时间我要多参加一些户外活动，比如爬山、骑马等，训练自己的勇气。

3. 家里来客人的时候，我要试着多和他们说话，得体地招待他们。

4. 空闲时，我要多阅读一些意志坚强者的故事，从他们身上吸取力量。

5. 当遇到雷雨天时，我会告诉自己，这并不可怕，要勇敢面对。

一个勇敢的小男孩儿

有这么一个故事：一只老式的大肚煤炉被用作乡村校舍取暖之用。一个小孩儿每天早晨提前到学校生火，在老师和同学们到来之前让房间变得暖和一些。

一天，他们到学校时发现校舍被熊熊烈火吞没。他们把失去知觉的小男孩儿从火中救出来，他已是奄奄一息了。他的下半身被严重烧伤，他们把他送往附近一个乡村医院。

被严重烧伤、神志不清的小男孩儿躺在床上，模糊地听到医生对他母亲说话。医生告诉他母亲，你儿子若能活过来，就真是老天慈悲了，因为可怕的大火已经烧坏了他的下半身。

但勇敢的小男孩儿并不想死，他决心活下来。

让医生惊讶不已的是，他居然真的活了下来。当危险期过去之后，他又听到医生对他母亲悄悄说：因为大火吞噬了他下肢的许多肌肉，他要是真死了倒好，这下他注定要做一辈子残废人，他无法再活动他的双脚。

这个勇敢的小男孩儿再一次下定决心。他决不做一个瘸子，他要走路。但不幸的是他腰部以下都无法活动。他细瘦的双腿在那里摇摇晃晃，一点知觉也没有。

他终于出院了。每天他母亲都要为他按摩双腿，但他毫无知觉，然而，他再次站起来的勇气依然是那么坚定。

除了在床上的时候，他就坐在一张轮椅中。一个阳光明媚的一天，他母亲推着轮椅，让他到院子里呼吸新鲜空气。这一天，他不再坐在轮椅里，而是用自己的上身扑下轮椅，他拖着双腿，在草地上爬行。他

爬到院子的围栏边。他费力地抓住围栏，让自己的身体直立起来。然后一根栏杆接着一根栏杆，他开始拉住围栏把自己向前拖，一边心中想

AWP步枪

由国际精准（Accuracy International）公司所生产制造的PM狙击枪系统，是为提供英国军用狙击枪才被开发出来。PM狙击枪在英国军方所举办的狙击枪测试中被提出和其他英国制步枪或外国制步枪进行比较。结果PM步兵用步枪在命中准确度方面表现最佳，于是在另外配备瞄准镜后，PM步兵用步枪便成为英国军用制式狙击枪。PM步兵用步枪的军用制式名称是L96AI。

着自己一定会走。他开始每天这样锻炼，直到院子的围栏边拖出了一条小径。

他一心想着自己一定能再次走路。最后，通过他每日按摩和钢铁般的毅力和勇气，他终于能够自己站立起来了，接着，他可以摇摇晃晃地步行，接着，他可以自己跑了。他开始步行去学校，然后跑步上学，他跑步纯粹是由于那种飞跑的快乐。在大学里，他入选了校田径队。

后来，在麦迪逊广场花园，这位大家认为即使会活下来，但肯定无法行走，更别梦想跑步的有非凡勇气和胆识的年轻人——格兰·坎宁安博士，打破了一英里的世界纪录。

勇气和胆识造就了格兰·坎宁安博士辉煌的一生。

成长课堂

生活中的我们只要有了勇气和胆识，什么样的困难都会被我们踩在脚下。胆小的人，注定要失去生命中的精彩与美丽。对于我们来说，最难克服的就是畏惧心理，只要我们昂起头来面对这一切，所有的困难都会被打败。

男子汉宣言

我要时刻牢记自己的目标，勇敢朝着成功的目标前进。

多航行了 9天

在意大利热那亚，有一个孩子从小就向往着海上航行。少年时期，他偶然读到一本书，上面讲整个地球是圆形的。于是他就大胆地设想，一直向西航行也许可以到达东方的国家。

24岁时，他移居到西班牙，随后向国王建议探索西行通往东方的海上航路。经过艰苦的游说，最终这个年轻人得到了国王的帮助。一天清晨，他带领着87名水手，驾驶着3艘破旧的帆船，向蔚蓝色的大西洋进发。但是当时大多数人都认为地球是一个扁平的大盘子，谁也不知道在茫茫无际的大西洋上一直向西航行，等待着他们的究竟是什么样的命运。

海上的航行生活并不浪漫，相反，显得十分单调而乏味。在浩瀚的大海中，人类显得那么单薄、渺小，甚至有些绝望。就这样，他们向西，再向西，漂泊了一天又一天，一周又一周。1个月过去了，帆船驶入了大西洋的腹地。有的水手们开始沉不住气，私下里偷偷议论还要航行多少天才能到达陆地。为了减少船员们因离开陆地太远而产生的恐惧，他偷偷调整计程工具，每天都少报一些航行里

数。尽管如此，苦熬了将近2个月之后，还是看不见陆地的影子。

2个月零6天之后，几乎崩溃的船员们声称继续西行就将策反叛乱。经过激烈的争论，他向船员们提议：再走3天，3天后如果还看不见陆地，船队就返航。就在第三天晚上，命运终于出现了转机。他发现海上漂来一根芦苇，有芦苇就说明附近有陆地。一位水手爬上桅杆，果然，看到了前面有隐隐约约的火光。次日拂晓，他们在海上航行了2个月零9天之后，终于登上了久违的陆地——美洲巴哈马群岛的华特林岛。

这一天是1492年10月12日。年轻的英雄在这一刻诞生了，他就是克里斯托弗·哥伦布。从那一天，割裂的世界开始连接在一起，新航路的开辟，不仅给哥伦布本人和西班牙君主带来了巨大的收益，也改变了世界历史的进程，世界经济、文化的交流使一种全新的工业文明成为世界经济发展的主流。

其实，无论哪个欧洲人坐船一直向西航行，都会有这项发现。但是哥伦布之前，欧洲人在大西洋里向西航行的最长时间是2个月，哥伦布比他们多航行了9天。这个当年才24岁的年轻人用事实告诉后人：命运之船在未知迷途中航行时，重要的不是彼岸离我们有多远，而是我们有没有到达彼岸的决心、勇气与智慧。

 成长课堂

　　坚强的信念就是一种力量，它可以使人在黑暗中不停止摸索，在失败中不放弃奋斗，在挫折中不忘却追求。在它面前，天大的困难微不足道，无边的艰险不足为奇。每个人尽管信念不同，但如果能够为信念奋斗终生，奉献一切，那么，就连他的敌人也会对他的人格肃然起敬。

　　勇敢地去面对暴风雨，只要有坚定的信念就一定可以抵抗它的侵袭。

屈辱是一种力量

在美国，有一位叫库帕的大学生毕业后找不到工作，就在弹尽粮绝的时候，他决定去乔治的公司试试。库帕是一位无线电爱好者，从小就崇拜无线电界的资深人士乔治，如果乔治能够接纳他，他想，他肯定能够学到很多东西，日后也能像乔治一样在无线电行业取得巨大的成绩。当库帕敲开乔治的房门时，乔治正在专心研究无线电话，也就是我们现在常用的手机。

库帕将自己在心里想了很久的话，小心翼翼地在乔治面前讲了出来。他说："尊敬的乔治先生，我很想成为您公司的一员，如果能够留在您的身边，当您的助手，那就更好了。当然，我不求待遇……"谁知，还没等库帕说完，乔治便粗暴地将他的话打断了。乔治用不屑的眼神看着库帕说："请问你是哪一年毕业的？干无线电多长时间了？"

库帕坦率地说："乔治先生，我是今年刚毕业的大学生，从没干过无线电工作，但是我很喜欢这项工作……"

乔治再次粗暴地打断了库帕："年轻人，我看你还是请出去吧，我不想再见到你了，也请你别再耽误我的时间。"

原本诚惶诚恐忐忑不安的库帕，这时心情反倒平静了下来，他不慌不忙地说："乔治先生，我知道您现在正在忙什么，您在研究无线移动电话是吗？也许我能够帮上您的忙呢！"

112

虽然对库帕能够猜出自己正在研究的项目而感到惊讶，但乔治还是觉得面前的这个年轻人太幼稚，还不足以为自己所用，所以他坚决地下了逐客令。

1973年的一天，一名男子站在纽约街头，拿着一个约有两块砖头大的无线电话，引得过路人纷纷驻足注目。这个人就是手机的发明者马丁·库帕。当时，库帕是美国摩托罗拉公司的工程技术人员。库帕说："乔治，我现在正在用一部便携式无线电话跟您通话。"

乔治怎么也想不到，当年被自己拒之门外的年轻人真的在自己之前研制出了无线移动电话——手机。现在，手机已成为人们日常生活中不可缺少的通讯工具，而马丁·库帕的大名也为人们所熟知。有记者采访马丁·库帕时问："如果当时您被乔治收留，您肯定会协助乔治完成手机的研制，而这一功劳也肯定会是乔治的，是不是？"马丁·库帕回答说："不，如果当时乔治收留了我，我成了乔治的助手，我们也许永远也研制不出现在的手机来，正因为他拒绝了我，掐断了让我想向他学习的念头，所以我才重新开辟出一条研制手机的道路，并且成功了。那条道路的名字就叫屈辱，我将乔治对我的羞辱化成了前进的动力。如果没有这种动力，即使我跟乔治联手也不一定能完成这项研制工作。"

成长课堂

面对难以承受的屈辱，库帕并没有放弃，他反而从屈辱中找到了前进的力量，从而获得了成功。当我们拥有坚强的信念，我们同样可以战胜屈辱，去攀登胜利的高峰。

男子汉宣言

我要以坚强的信念战胜别人带来的屈辱！

为了坐着的权利

　　1955年12月1日，在美国阿拉巴马州蒙哥马利市一家百货公司工作了一天的黑人裁缝罗莎·帕克斯，登上了回家的公共汽车。那时，公共汽车实行严格的种族隔离制，也就是说，在车厢里白人坐在前半部，而黑人只能坐在后半部。可是，那一天的黄昏正值下班高峰，上车的人越来越多。于是，白人驾驶员便命令坐在后排的4个黑人乘客站起来为白人让座。其中的3个黑人乘客照办了，只有罗莎·帕克斯太太依然坐着，纹丝不动。

　　为了坐着的权利，罗莎·帕克斯无所畏惧地向不公正的法令发动了挑战。很快，她遭到了逮捕，理由是蔑视蒙哥马利市关于公共汽车上实行种族隔离的法令。

　　此事激怒了一位目光远大的年轻黑人牧师、非暴力主义者——马丁·路德·金。他挺身而出，宣传和鼓动大家："美国民主的伟大之处是公民有为权利而抗议的权利。"他号召所有的黑人兄弟姐妹团结起来，不取消汽车上实行种族隔离的法令，就拒绝乘公共汽车！

　　马丁·路德·金的号召得到了迅速、强烈而持久的响应。4天后，蒙哥马利市数千名黑人从拒乘公共汽车开始，掀起了一场波澜壮阔的民主运动，一场在美国现代史上留下一笔的为争取基本人权的民主运动。他们扶老携幼、互帮互助，或乘小车或步行，甚至宁肯跑步也不乘公共汽车。

　　为此，许多黑人被白人老板解雇。罗莎·帕克斯在多次接到白人种族主义者的暗杀恐吓后，不得不迁往密歇根州生活。

　　但是，面对日益升级的威胁与迫害，黑人争取平等的脚步并没有停顿。

他们勇往直前，义无反顾。

为了坐着的权利，罗莎·帕克斯和许许多多的黑人不屈不挠、前赴后继，付出了沉痛而巨大的代价，甚至付出了满腔的热血和宝贵的生命。

历史是在斗争中前进的。时间是最公正、无情的法官。在拒乘公共汽车381天之后，美国最高法院被迫做出关于蒙哥马利市在公共汽车上实行种族隔离的法令是"违宪"的裁定。黑人又回到了久违的公共汽车上。虽然渴望的权利并没有随着最高法院的裁定书一起完全来到，此后他们还要为捍卫自身的权利付出艰苦的努力，但是在公共汽车上争取与白人平等权利的斗争，毕竟取得了影响极其深远的胜利。

44年过去，弹指一挥间。1999年6月15日，美国国会议员、民权领袖及各界代表近千人聚集在国会大厅，参加一个隆重的颁奖仪式，即克林顿总统亲自授予这个瘦弱的黑人老妪——86岁的罗莎·帕克斯以国会最高荣誉奖。大家一致赞扬罗莎·帕克斯太太是"美国自由精神的活典范"。

这个朴实无华、散发着慈爱光辉的罗莎·帕克斯太太曾有一句著名的话："我上那辆公共汽车并不是为了被逮捕，我上那辆公共汽车只是为了回家。"但是，在一个充满种族歧视的车厢里，是坐着还是站起来，确实是一个人类走向文明所必须解决的、迟早绕不开的原则问题。

成长课堂

　　为了争取民主权利，一个人的付出看似渺小，但是却代表着重大的意义，因为正是这样一个人勇敢地站在了一群种族歧视者的面前，提出了对自己尊严的维护，这是何等的胆量。对尊严的保护没有让步，这是勇敢的宣言。

男子汉宣言

　　任何破坏尊严的事情都应该被勇敢地反抗，最终的胜利属于勇敢者。

克服软弱的一面

　　罗伯特·梅里尔在布鲁克林长大。那时他胆小，而且说起话来口吃得厉害，所以最怕被老师叫起来当着全班同学的面说话。有时，当罗伯特知道上课时老师会向他提问，他就逃学，每逢躲不开的时候，他就背对着全班站着朗读，同学们常常取笑他。

　　而罗伯特真正得到解脱是在他15岁的时候。那时正赶上经济大萧条，他不得不辍学，在曼哈顿地区帮父亲和叔叔把服装和鞋送到顾客家里去。他们付不起工钱，但是干那种跑腿的差事改变了他的生活道路。

　　起初罗伯特对歌剧情有独钟，这主要是受妈妈的影响，她是一个业余歌手，嗓音优美。当她听到罗伯特在家里唱歌，就带罗伯特去拜见一位声乐老师。这位声乐老师的工作室就在大都会歌剧院里，罗伯特心里充满了对他的敬畏。罗伯特利用午餐的时间，手里抱着一大堆鞋盒和衣物去上课，或是干完了活去上课，那时已经累得精疲力尽。罗伯特和妈妈都没有把上课的事告诉父亲，因为他们知道他是不会理解的。

　　一天上完课后他回家晚了，父亲要知道他为什么这么晚才回家，不能再保密了，他只好把上声乐课的事告诉父亲。虽然父亲不知道什么是声乐课，但没有阻止他。

　　这以后不久的一天，罗伯特去第五十七街送货的时候，看见在斯坦韦大厅前围着一群人。原来是旅游胜

地艾迪罗恩迪山的斯卡鲁恩庄园要招收一名暑假帮工，这里正在进行面试。

罗伯特唱了一首歌，压倒了四十多名对手，得到了这份工作。那时候他18

男孩卡片

雅鲁藏布大峡谷探险

雅鲁藏布江下游，江水绕行南迦巴瓦峰，峰回路转，呈巨大马蹄形转弯，形成了一个巨大的峡谷。雅鲁藏布大峡谷是世界上海拔最高的峡谷，也是世界上最深和最长的峡谷，堪称世界上峡谷之最，被誉为"人类最后的密境"。到这样的地方去探险，将面对高海拔、高艰险等多重困难的考验，它需要生理、毅力、人类智慧和团结协作，需要充分的准备和科学的计划，而这些，都是人类不断探险、进取所需要的。

岁，因为缺乏实际经验，他感到非常紧张，但是在工作中他什么活都得干，这种紧张感很快就消失了。女声合唱队唱歌的时候，他给她们伴唱，同时还为一个名叫雷德·斯克尔顿的青年喜剧演员当助手。第一次听到观众的掌声时，他就知道这条路走对了。

罗伯特不敢相信，只要一上台演唱，他的口吃就消失了。每次站到一批新的观众面前，他的自信心就得到进一步加强，胆怯也随之消失。他学到的最重要的东西是：人的软弱一面是能克服掉的。罗伯特后来成为美国最负盛名的男中音歌唱家，有9位美国总统曾慕名前往听他演唱。

成长课堂

软弱让我们失去了很多的机会，因为成功只青睐勇敢的人。虽然罗伯特的成功之路每一步都充满了艰辛，但他勇敢地走了过来，虽然一路流下了汗水，但最终他收获了掌声。这就是战胜软弱之后，生活所给予他的宝藏。

男子汉宣言

只有战胜了自己的软弱，才能让自己走向成功的舞台。

请你记得 唱 歌

因为一次医疗事故，他在四个月大时成了聋儿。在母亲竭尽全力的教导下，他终于理解了每个事物都有自己的名字，并慢慢学会开口说话，普通话说得甚至比一般孩子还标准。

可是一进学校，他的助听器还是引起了其他孩子的好奇。有时，他听不清楚老师提的问题，答非所问，也会招来哄堂大笑。这一切都让他很沮丧，他恨不得把助听器扔掉，再也不去学校。

母亲安慰他，他不听，哭着问："为什么我和别人不一样？"母亲回答，他是医生一针给打聋的。他哭得更厉害："我恨他，我要找他报仇！"母亲难过地别过头去："找不到了，就是找到了，你的耳朵也是这样了。"

他只能接受现实，并比其他同学更努力。小学时的听写课，同学们只需记住单词，他还要记住单词的次序，老师嘴巴动一下，他就写一个，同样拿了满分。他甚至主动报名参加北京市、区中小学生朗读比赛，第一次上台时吓得双腿发抖，怕自己吐字不清晰，或者忘词。望着众多正在注视他的听众，他终于鼓足勇气开口，结果获得了一等奖。

努力总有回报，他一直是学校骨干，并且日益自信起来。

可是，因为是聋儿，仍然有尽了努力也无法做到的事情，譬如音乐课的考试。那天音乐课下课时，老师说："大家都准备一下，明天考试，要唱《歌唱祖国》。"其他同学都嘻嘻哈哈的不当回事，他却犯难了。他，一直不大会唱歌，难以把握节奏。回家后，他愁眉苦脸，母亲就一边弹钢琴一边教他唱。一个小时，两个小时，三个小时过去了，他的嗓子都嘶哑了，但还是跑调。节奏很对，但他完全是在"说歌"，一个字一个字无比认真地说。母亲摸摸他的头说："考试时你就这样唱吧。"他说好。母亲又严肃地叮嘱道："可能大家会笑，但是你自己不能笑，坚持把歌唱完。"

第二天音乐课考试，轮到他上台了。他舔舔发干的嘴唇，跟着节奏开始"唱"歌。第五句的话音才落，教室里的同学已经笑翻了天。他不理会，在笑声中仍然继续自己的歌唱。他就这样一丝不苟地跟着节奏把歌"唱"完。教室里不知何时已经安静了下来，他突然发现，同学和老师的眼睛里都有些亮晶晶的东西。接着，他看到了同学们在使劲鼓掌。

他就是梁小昆，曾多次参加专题电视节目制作，是电影《漂亮妈妈》中郑大的原型。时下他正在北京电影学院攻读硕士研究生，在摄影界已经小有名气，而且前不久刚在北京"东方新天地"举办了自己的个人摄影展。

至今，梁小昆都非常喜欢唱歌，每次去卡拉OK，必"唱"无疑。他并不避讳自己的跑调，但求能够唱出个性。他深信，不管歌声是否动听，歌唱，首先是一种态度，包含着努力、尊严、坚持和快乐……

成长课堂

一个勇敢面对生活中出现的磨难的人，即使听不见，他也能唱出美妙的生命之歌。因为他的眼睛里有那么多需要歌颂的美好的东西。勇敢的歌者是对生命最好的赞美，歌声不必优美，但是却能唱出生命的感动。

男子汉宣言

生活难免遇到艰难，但是永远不会停止我的歌声。

男子汉
训练营

读了这么多精彩的故事，和故事中的主人公比起来，你觉得自己能成为一个坚强勇敢的小男子汉吗？不妨来训练营锻炼一下自己吧！

勇敢自救

"五一"长假前一天，12岁的小强从学校出来去找妈妈。单位大厅无人，小强直接进入电梯，可是刚到五楼与四楼中间处，电梯突然停了下来。原来单位提前半个小时下班，4：40分大楼已空无一人，电工违反规程拉闸停电。漆黑的电梯里没有一丝光亮，小强大喊一阵可根本无人听见。一个小时过去了，小强觉得精疲力竭，但他还是不停地喊叫，他的嗓子几乎说不出话来。就这样小强一直折腾着到晚上8点，一会敲门，一会喊叫，但都无济于事。他知道单位这一休息就是七天，而他的身上只有一个书包，文具盒是软塑料的，如果自己不想办法求生只能坐以待毙。

在这种情况下，你知道小强是如何脱离困境求得救助的吗？

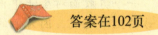

答案在102页

《福克斯父亲拆亭子》答案：

老福克斯听到儿子的话后，决定向儿子认错。他认真地对小福克斯说："爸爸错了！我应该对自己说过的话负责！"于是，老福克斯再次找来工人，让工人们在旧亭子的位置上，重新盖起一座和旧亭子一模一样的亭子，然后当着小福克斯的面，把"旧亭子"拆掉，让小福克斯看看工人们是怎样拆亭子的。

第七章

宽容豁达是男子汉应有的胸襟

以前的我

好朋友认为我弄坏了他的飞机模型。

好朋友不听我解释，生气地走了。

现在的我

我把好朋友的飞机模型修好了。

我和好朋友开心地吃着零食。

以前的我

我和别的同学一起说说笑笑。

他以前总是在背后说我坏话……

同学们和我打招呼，我装作没看见。

现在的我

我也开心地和同学打招呼。

我知道他说的那些话是为了我好。

以前的我

妈妈买了我最爱吃的慕斯蛋糕。

为什么要让给他，我也想吃。

和表弟一起玩耍，我们为了一块蛋糕争得脸红。

现在的我

我想起表弟平时经常把自己的"宝贝"给我。

我把蛋糕让给表弟。

◀ 以前的我

爸爸认为我的考试成绩不真实。

爸爸冤枉我,
真是太讨厌了!

我生气地关上自己的房门。

◀ 现在的我

我耐心地向爸爸解释,消除了误会。

我和爸爸一起开心地打篮球。

我的成长计划书

宽容豁达是男子汉应有的胸襟

生活中总是免不了一些误会和摩擦，每一次我都会很生气，有时候甚至都气得流眼泪！但是慢慢地，我发现这样很不对。一个宽容豁达的男子汉，不能因为一点小事就生气，我要理解别人对我产生误会的原因，耐心地解释直到获得他们的认同。学会宽容豁达，才是一个真正的小男子汉！

1. 曾经和我吵架的同学摔倒了，我要赶紧走过去扶起他。

2. 弟弟弄碎了我最喜欢的杯子，我没有生气，只是告诉他下一次要小心。

3. 好朋友因为把借我的书弄破了而很愧疚，我告诉他没关系，我可以回去补好。

4. 参加体育比赛时我输了，我也会走过去向赢得比赛的对手表示祝贺。

5. 同学的成绩比我优秀，我由衷地为他觉得高兴，不能妒忌。

把浩瀚的

海

洋

装进胸膛

几年前，姚明在美国职业篮球联赛赛场首次亮相时，一分未得，出人意料地交了白卷。

当晚，美国一个体育脱口秀节目"TNT"正在直播，谈起姚明时，主持人巴克利笑得前俯后仰，一脸轻蔑与不屑："姚明是中国的傻大个，根本不会打篮球。"

他的搭档史密斯立即反驳："我看好姚明的潜力，也许他将来能拿到19分。"

巴克利寸步不让，竟然当众与史密斯打赌："如果姚明能拿到19分，我就亲吻你的屁股！"

对姚明而言，这哪是打赌，分明是奇耻大辱！通过电波，此事迅速传遍了全世界，引起轩然大波，不少人对他口诛笔伐。国内媒体甚至一度将巴克利称作"恶汉"，唯独姚明选择了沉默。

事隔不久，姚明不负众望，给了巴克利沉重一击。2002年11月18日，美国洛杉矶客斯台普斯中心座无虚席，火箭队客场挑战湖人队，姚明终于爆发，接连得手，看台上早已沸腾，不断有人高喊："巴克利亲屁股！"

此场比赛姚明上场22分钟，共得了20分抢下6个篮板，并帮助主队以93比89将湖人挑落马下。

此时最沮丧的莫过于巴克利，因为人们都记着他的赌注。当晚"TNT"节目

准时直播，为了避免行为不检，史密斯特意牵了一头驴进演播室，暂时代替自己。众目睽睽之下巴克利满脸尴尬，不得不硬着头皮亲了一口驴屁股。

那天我专门守着电

视，目睹了"恶汉"巴克利的狼狈相，真是大快人心，也算恶有恶报了。毫无疑问，此刻最解恨的人莫过于姚明，只可惜没有亲眼看见姚明如

楼兰—罗布泊探险

同样是在新疆，与塔可拉马干相比，对于探险者来说，罗布泊—楼兰一线，也许是因为发生了太多故事，所以就更具吸引力了。罗布泊，曾是我国第二大咸水湖，它位于新疆塔克拉玛干沙漠的东部，西起塔里木河下游，东至河西走廊，南邻阿尔金山，北到库鲁克山。罗布泊的自然条件极其恶劣，不仅没有人烟，就连生物也难以生存。

何"回敬"巴克利，一直引以为憾。

直到前不久，美国纪录片《挑战者姚明》在国内发行，心中的谜团终于解开。比赛刚结束，在火箭队休息室，电视上正在直播巴克利亲吻驴屁股的镜头，顷刻间掌声雷动，队友们欢呼雀跃，纷纷走上前向姚明表示祝贺。聪明的记者不失时机地给姚明递上了话筒，问他此时有何感想？姚明淡然一笑，"我觉得巴克利很有意思，他没什么恶意，只是想制造点噱头而已。"

面对曾给自己制造了奇耻大辱的"敌人"，姚明大获全胜之后，非但没有痛打落水狗，反而出言为巴克利开脱，这是何等的胸襟！是啊，如果一个人心里装不下浩瀚的海洋，怎么可能拥有整个世界？

 成长课堂

面对曾给自己制造了奇耻大辱的"敌人"，姚明用其海洋般宽阔的胸怀宽容了他。这样的他怎能不拥有傲人的成绩呢？当我们仰视姚明时，除了因为他那超人的身高，更因为他高贵的品格！

 **男子汉宣言**

当别人羞辱我的时候，我要以自己的宽容来进行反击！

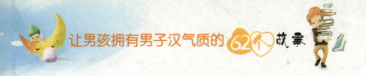

化 敌 为友

1754年，美国独立以前，弗吉尼亚殖民地的议会选举在亚历山大里亚举行。后来成为美国总统的乔治·华盛顿上校，作为那里的驻军长官也参加了选举活动。

选举后期，主要是两个候选人在竞选。大多数人都支持华盛顿推举的候选人。但有一名叫威廉·宾的人则坚决反对。为此，他同华盛顿发生了激烈的争吵。争吵中，华盛顿失言，说了一句冒犯对方的话，这无异于火上加油。脾气暴躁的威廉·宾怒不可遏，重重一拳把华盛顿打倒在地。

华盛顿身边的朋友围了上来，摩拳擦掌，群情激愤，要揍威廉·宾。驻守在亚历山大里亚的华盛顿部下听说自己的司令官被辱，马上荷枪实弹跑过来助战，气氛十分紧张。

在这种一触即发的情况下，只要华盛顿一声令下，威廉·宾就会被痛打一顿。然而，华盛顿克制了自己，使自己的头脑冷静下来。他用命令的口吻平静而坚定地说："这不关你们的事！"就这样，事态才没有扩大。

第二天，威廉·宾收到了华盛顿派人送来的一张便条，要他立即到当地的一家小酒店去。威廉·宾马上意识到，这一定是华盛顿约他决斗。于是，富有骑士精神的威廉·宾毫不畏惧地拿了一把手枪，只身前往。

一路上，威廉·宾都在琢磨如何才能打倒身为上校的华盛顿。但当他到达那家小酒店时，却大出意料之外：他见到了华盛顿的一张真诚的笑脸和一桌丰盛的酒菜。

　　"威廉·宾先生，"华盛顿热诚地说，"犯错误乃是人所难免的事，纠正错误则是件光荣的事。我相信，我昨天是不对的，

塔克拉玛干沙漠探险

　　塔克拉玛干沙漠是中国西部一片浩瀚、干燥的沙质荒地。这里，金字塔形的沙丘屹立于平原以上300米。狂风能将沙墙吹起，高度可达其3倍。该沙漠面积相当于新西兰。"塔克拉玛干"的意思就是"进去了就别想出来"。塔克拉玛干一望无垠的沙漠和充满艰险的环境，吸引了许多探险旅游者。塔克拉玛干中最让人心惊肉跳的莫过于死海，如果穿越了死海，无疑将是一次成功的探险。

你在某种程度上也得到了满足。如果你认为到此可以和解的话，那么请握住我的手，让我们交个朋友吧！"

　　威廉·宾被华盛顿的行为感动了，忙把手伸给华盛顿："华盛顿先生，也请你原谅我昨天的鲁莽和无礼。"

　　从此以后，威廉·宾成为华盛顿忠实的朋友和坚定的拥护者。

　　当华盛顿被打倒在地时，是很容易失去理智，做出一些可能是悔恨终身的蠢事。难能可贵的是，华盛顿在盛怒之下能恢复冷静，在绝对优势之下能不以强凌弱，反而能以退让、宽容和友善来解决问题，化干戈为玉帛，化对手为兄弟。

成长课堂

　　没有化敌为友的胸怀，就不能成就大业，更不能承担整个国家的重任。一个宽容的人所获得的不仅仅是平息一次小小的争斗，更重要的是宽容所带来的感化以及由此表现出来的高尚品德。

男子汉宣言

　　宽容对待自己的敌人，就会少一个敌人而多一个朋友。

把怨恨 留 在监狱里

　　1991年，南非的民族斗士曼德拉当选为总统，他在总统就职典礼上的举动震撼了世界。

　　曼德拉当年曾因领导和反对白人种族隔离政策而入狱，白人统治者把他关在荒凉的大西洋小岛——罗本岛上。曼德拉住在总集中营的一个"锌皮房"里，每天早晨都要排队到采石场做苦工，有时还要从冰冷的海水里捞取大量的海带。因为曼德拉的身份不同，专门用来看押他的看守就有3人。曼德拉在这里整整度过了27年。

　　总统就职仪式开始时，曼德拉首先起身致辞欢迎所有来宾。在介绍了来自世界各国的政要后，他说，令他最高兴的是当初看守他的3名前狱方人员也能到场。他真诚地邀请他们站起身，然后站起身来，恭敬地向这3个看守致敬。

　　此时，在场的所有来宾以至整个世界，都静下来了。大家都疑惑地看着这3个忽然出现的人。这真是一件不可思议的事情。而那3位被邀请的监狱看守也有些尴尬，因为周围的人向他们投来的目光各色各异，有些充满了嘲讽，有些充满了疑惑。

　　曼德拉以博大的胸襟和宽宏的精神，让那些残忍地虐待了他27年的白人感到汗颜，同时也使所有到场的人肃然起敬。他并没有因为自己曾经被关押而怨恨这些看守。因为他明白，真正的敌人并非这些看守，而是歧视黑人的政权。

　　后来，曼德拉向朋友解释说，自己年轻时性

子非常急，脾气很暴躁，正是在狱中学会了如何控制情绪，所以才得以存活了下来。

牢狱岁月给了他很多时间自省和激励，也使他学会了如何处

男孩卡片

高黎贡山—怒江探险

在中国的西南角，地形复杂，民族众多，自然环境独特，造就了众多适合探险旅游的地方。高黎贡山-怒江探险一线便是其中之一。尤其是这里有许多地方长时间与世隔绝，更显得神秘莫测。贡山县自然保护区位于云南省西北部，东西宽9千米，南北长约135千米。保护区面积24.3万公顷，占全县国土总面积的55.6%，是整个高黎贡山国家级自然保护区面积的2/3，为目前云南省最大的自然保护区之一。

理自己在遭遇苦难时的痛苦。曼德拉经常说起他获释出狱时的心情："当我走出狱室，迈过那扇通往自由的监狱大门时，我已经完全清楚了，若不能把悲痛和怨恨留在身后的监狱里，那么，我自己其实仍是生活在狱中。"

把悲痛和怨恨留在身后的监狱里，轻松地走向自己的未来，曼德拉就是这样的一个人。他之所以取得非凡的成就，正是因为他拥有如此宽大的胸怀。那些曾经的怨恨不会为他的奋斗增添任何的东西，只会增加他心理的负重。这是一种胸怀，同时也是一种智慧。

成长课堂

人生的苦难其实是一种难得的经历，原谅和宽容伤害自己的人，不是失去，而是一种获得。我们要怎样才能走出自己心灵的"牢狱"？学会宽容，宽容世界，宽容一切，你的人生会在宽容中无限扩大；学会感恩，感谢生活，感谢上帝，你的一生会在感恩中无比崇高。

男子汉宣言

用感恩的心来看待周围的一切！

原谅 你的敌人

1860年，林肯被共和党提名成为总统候选人，并在竞选中获胜。在此期间，他用爱的力量在历史上写下了永垂不朽的一页。

林肯竞选总统时，他的强敌斯坦顿因为某种原因一直憎恨他，总是毫无保留地攻击他的外表，并且想方设法在公众面前侮辱他，使他难堪。数次在公开场合中，斯坦顿对林肯发出了挑战，他讥笑林肯是来自乡下的乡巴佬，也嘲讽林肯的大胡子里也许还藏着乡下的跳蚤呢！他的这些侮辱性的话让林肯周围的敌人发出了快意的笑声，而林肯却只是淡淡地笑着走远，从来不把他放在心上。

林肯当选为美国总统之后，必须组建他的内阁，与他一同解决国家大事，其中必须选一位最重要的参谋总长，这时林肯并没有选别人，而是选了斯坦顿。

当林肯选斯坦顿做参谋总长的消息传出来时，街头巷尾议论纷纷，一片喧哗。有个心腹就跟林肯讲："这次恐怕您选错人了吧！您难道不知道斯坦顿从前如何诽谤您吗？我敢打包票，日后他一定会拖您的后腿的，您务必要三思而后行啊！"

林肯不为所动地对心腹说："斯坦顿是我的死敌，这一点我并不否认，但是

这仅是就从前参选总统时而言。当然我也知道他一度对我的批评，但是为了国家前途，我觉得他最适合这份职务。"

就这样，林肯力排众议，果断地任用了斯坦顿。结果，斯坦顿也没有让林肯失望，虽然他是一个言语尖刻的人，但是不可否认他的工作能力以及丰富的知识面，让他可以做出很多精确的判断，这对于林肯的工作提供了很大的帮助。同时，他务实的做事作风，为国家、为林肯做了不少的事情。

政治上没有永远的朋友，也没有永远的敌人。人生也一样。要成功，需要朋友；要取得巨大成功，则需要敌人。有时候，敌人可以成为朋友，而有时候朋友也会变成敌人。但是不管什么时候，敌人对你的了解都是最为严密的，因为他们为了打败你，对你仔细研究过。在这样的时候，林肯选择了斯坦顿来做自己的参谋总长，也是因为这一点。

宽容地对待自己的敌人，其实正是为自己找到了一个最了解自己，最可能为自己提供帮助的左膀右臂。宽容，正是把敌人变成朋友的利器。

成长课堂

　　在这个世界上，恐怕没有谁会比你的敌人更了解你，所以从某种程度上来讲，你真正的死敌，也是你的知己。观点上的分歧，并不影响到为人做事上的认同。在更高的利益上，私人的恩怨是渺小的，林肯任用斯坦顿，需要的是肚量与包容。

男子汉宣言

　　敌人的攻击其实并不全是坏事，有时候它也可以帮助我前进。

我叫 托马斯·杰斐逊

杰斐逊最热爱的运动是骑马。他是位相马行家，自己就有一匹上等好马。在任总统期间，一天他正在华盛顿附近一个地方骑马，当他来到一个十字路口时，碰到一位知名的赛马骑师，这位骑师还是个做马匹买卖的生意人，人们叫他琼斯。

那人并不认识总统，但他那职业性的眼光一下子被总统骑的骏马吸引住了。鲁莽、冒失的琼斯径直走上前来和骑马人搭讪，并紧接着用行话评论起这匹马来：品种的优劣、年龄的大小以及价值的高低，还表示愿意换马。

杰斐逊简短地回答了他，礼貌地拒绝了他所提出的所有的交换建议。那家伙仍不死心，不停地游说，不断地抬高出价，因为他越仔细看这个陌生人骑的马，就越喜欢它。

所有的建议都被冷冷地拒绝后，他被激怒了。他开始变得粗鲁起来，但他的粗野行为与他的金钱一样，对杰斐逊毫无作用，因为杰斐逊能够很好地控制自己的情绪，没有人能够激怒他。

这位赛马骑师想让杰斐逊展示一下这匹马的步伐，还竭力要他骑马慢跑，和他打个赌。但是所有这些努力都白费了。最后，琼斯发现这个陌生人不会成为他的客户，而且绝对是个难以对付的人，他便扬起马鞭在杰斐逊的马侧腹抽了一鞭，想使马突然狂奔起来，这会让那些骑术不高的骑手摔下地来。同时，他自己也准备策马急驰，希望比试一番。然而，杰斐仍然端坐在马鞍上，用缰绳控制着烦躁不安的马，并且同样很好地控制

住了自己的情绪。

赛马师惊呆了，但只是粗鲁地付之一笑，又靠近这个新认识的人，开始谈论起政治来。作为一个联邦制的坚定拥护者，他开始大肆攻击杰斐逊以及他的政府的政策。杰斐逊加入了谈话，并鼓励他就一些事情发表自己的看法。

不知不觉他们骑马进入了市区，沿着宾夕法尼亚大道往前走。最后，他们来到总统官邸大门的对面。

杰斐逊勒住缰绳，有礼貌地邀请那人进去。

赛马骑师听后惊诧不已，问道："怎么，你住在这里？"

"是的。"杰斐逊简洁地答道。

"嗨，陌生人，你究竟叫什么名字？"

"我叫托马斯·杰斐逊。"

听后，赛马骑师的脸变得煞白，他用马刺猛踢自己的马，喊道："我叫里查德·琼斯，再见！"说着，便迅即冲上了大路，而此时杰斐逊总统则微笑地看着他，然后策马进了大门。

 成长课堂

　　身为总统的杰斐逊，当别人不断地对其进行挑衅，他并没有勃然大怒，反而很好地控制住自己的情绪。这样的举动很好地消除了一场纠纷。如果每个人都能如此，生活肯定会变得更加美好。

 **男子汉宣言**

面对别人的挑衅，我可以冷静地处理，从而化解矛盾！

男子汉
训练营

读了这么多精彩的故事，和故事中的主人公比起来，你觉得自己能成为一个宽容豁达的小·男子汉吗？不妨来训练营锻炼一下自己吧！

把鲜花送给对手

　　这是一场激烈的世界职业拳王争霸赛。正在比赛的是美国两个职业拳手，年长的叫卡菲罗，35岁；年轻的叫巴雷拉，28岁。上半场两人打了六个回合，实力相当，难分胜负。在下半场第七个回合，巴雷拉接连击中老将卡菲罗的头部，打得他鼻青脸肿。短暂的休息时，巴雷拉真诚地向卡菲罗致歉。他先用自己的毛巾一点点擦去卡菲罗脸上的血迹，然后把矿泉水洒在他的头上。巴雷拉始终是一脸歉意，仿佛这一切都是自己的罪过。

　　接下来两人继续交手。也许是年纪大了，也许是体力不支，卡菲罗一次又一次地被巴雷拉击倒在地。按规则，对手被打倒后，裁判连喊三声，如果三声之后仍然起不来，就算输了。

　　你知道，之后卡菲罗和巴雷拉之后又发生什么事情了吗？

答案在86页

《化蛹为蝶》答案：

　　听一位医学专家说，嘴里含着小石子讲话可以矫正口吃，小男孩儿就整天在嘴里含着一块小石子练习讲话以致嘴巴和舌头都被石子磨烂了。后来，这个小男孩儿能够流利地讲话。中学毕业时他不仅取得了优异成绩，而且还获得了极好的人缘。事业有成以后，1993年10月，他参加大选。他的对手大力攻击、嘲笑他的脸部缺陷，然而，对手的这种恶意攻击却招致大部分选民的愤怒和谴责。当人们知道他的成长经历后，都给予他极大的同情和尊敬。最后他以极高的景数当选为加拿大总理，并在1997年成功地获得连任，他便是被加拿大人民亲切地称为"蝴蝶总理"的让·克雷蒂安。让·克雷蒂安自强不息，终于使人生发生了蜕变，登上了辉煌的顶点。

第八章

正直坦荡是男子汉必有的气质

● 以前的我

考试的时候，好朋友让我给他传纸条。

我低着头，拿着纸条犹豫不决。

● 现在的我

我告诉好朋友考试作弊是可耻的。

我们一起认认真真答题。

◀ 以前的我

放学后，我在校园内悠闲地散步。

我该不该告诉老师？

我看到有人打破了教室窗户上的玻璃后跑掉了。

◀ 现在的我

老师向同学询问谁打碎了玻璃。

我告诉老师是谁打破了玻璃。

以前的我

老师错判了一道题，我多得了10分。

我反反复复地看着试卷的分数。

现在的我

我让老师改了分数。

老师摸着我的头，表扬了我。

以前的我

我又忘记归还同学借给我的书。

我才不粗心呢，
为什么说我……

同学说我做事粗心，我很生气。

现在的我

我谢谢同学指出我的缺点。

我将书带到学校并还给同学。

我的成长计划书

正直坦荡是男子汉必有的气质

以前看到有人犯错误，我会假装自己没看到，因为觉得别人会尴尬；但是犯错误的人不仅没有觉得尴尬，而且跑掉了，老师来调查的时候，我也会闭口不说，因为怕别人觉得我打小报告……总之，我就是有很多的顾虑，总是无形中成了做坏事的人的帮凶。其实看到不对的事，应该走上前去指出来，而不是躲开，这样才是一个真正的小男子汉。

1. 同学让我帮他隐瞒所犯的错误，我一定要拒绝，并鼓励他承认错误。

2. 我自己做错了事，一定要第一时间站出来承认并积极地改正。

3. 考试作弊这种事情是一个正直的男子汉最不应该做的，我要杜绝这种行为。

4. 比我高大的哥哥不听妈妈的话，我要站出来指出他这样做的不对。

5. 虽然没有人看到我捡到钱包，但是我还是要自己把它及时交公。

朋友的重托

他是韩国人，今年112岁，曾参加过抗日战争。据说，他是目前韩国最长寿的男人。电视和报纸记者都来采访他，希望揭开长寿的秘诀。他说："关于我的长寿秘诀，有三点：一是家族中有长寿基因；二是我很喜欢运动；三是知足常乐。"

前不久，一家报社独家刊载了他在抗日战争中经历的一件事，从这件事中，人们终于明白了什么是长寿的秘诀。

1942年7月，日军统治着大韩民国，他的好朋友也被日本人送进了监狱。临离开家的前一天夜里，他的朋友偷偷跑来找他，把自己的1000万韩元交给他保管。他的朋友说："我走了，我的妻子和孩子请你照顾好。这部分钱，没谁知道，妻子、孩子都不知道。我的意思你是明白的，怕他们经不起日军的折腾而说出去，那将会连累了你。拜托了！"他的朋友被带走的第二天，朋友的妻子和孩子也被带走了。他并不知道他们被关在什么地方。为了稳妥起见，他以个人的名义，把那笔钱分开存在四家银行里，并把存折秘密地藏了起来。这件事，他没敢告诉妻子，因为他怕走漏了风声。

直至二战结束，他都没有他朋友一家的消息。不过，他依旧没有动用那笔钱。

一天，他在报上看到一篇纪念反法西斯战争胜利50周年的文章，作者是他朋友的名字。从文章回忆的内容，他断定他的朋友还活在人世。但他们早已失去了联系，他的朋友根本就找不到他了。除非他主动与他朋友联系。

他陷入了深深的矛盾之中，是把钱归还给他还是自己用呢？因为他目前也正处于经济困难的时候。最后，他毅然拨通了报社的电话，找到了他朋友的联系方式。

当他的朋友接到电话的时候，深深地震惊了，他不敢相信

穿越大海道

从敦煌往西，到吐鲁番，共500多公里的路途，构成了丝绸之路上最富传奇色彩的一段——大海道。这里汇集了古城堡、烽燧、驿站、史前人类居住遗址、化石山、海市蜃楼、沙漠野骆驼群、以及众多罕见的地理地貌。如果从吐鲁番出发、穿越大海道到敦煌，你会深刻的体会到民族风情之间的差异和不同美丽。穿越大海道，最大的障碍莫过于经过这里的无人区，但是走完大海道，你也会深刻的体会到丝绸之路留下的无尽美丽。

他托付过的那个人，还会把钱送回来给自己，因为他一直联系不到这位朋友，所以他想那些钱就当是馈赠给朋友了吧。但是没想到这些钱还会被送回来，他感动得热泪盈眶。

而他的朋友在终于把钱送回去之后，他躺在床上，睡得特别香，因为他的心里没有任何的负担，做了一夜的好梦之后，他睁开眼，觉得生活很美好！这种好心情一直在他的心里持续着，也让他每天都过得开心快乐，成了最长寿韩国人之一。

心灵的宁静才是长寿最不可缺少的因素。很多情况之下，我们做了一些有违良心的事情，自以为神不知鬼不觉，实际上，你始终逃脱不了自己良心的谴责，你的内心一辈子都将无法安宁，你将日日生活在痛苦的折磨和煎熬中。心底无私，坦荡的心灵才会宁静。

做一个坦荡的人，就会避免受到精神的折磨。

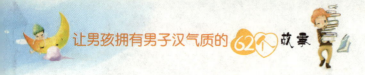

承认自己的不足

有一位世界一流的小提琴演奏家，在指导别人演奏的时候从来不说话。每当学生拉完一曲，他总是要把这一曲再拉一遍，让学生在倾听中得到教诲。他的琴声就好像最为生动的诉说一样，总是让人可以立刻就理解他所要强调和教授的重点是什么，因为他这种生动而又有效的教授方法，他的学生众多，很多人慕名前来拜师。

他总是这样说："琴声是最好的教育。"

一次，他收了一位名不见经传的新生，在拜师仪式上，学生为他演奏了一首短曲。这个学生很有天赋，把这首短曲演奏的几乎是出神入化、天衣无缝。所有人都为他的琴技而惊叹，但是大家更期待大师的表演，他们希望可以听到比这个琴声更加悠扬和感人的音乐，按照惯例，大师肯定要比这位学生表演得好。

学生演奏完毕，这位大师照例拿着琴走上台。但是这一次，他把琴放在肩上，却久久没有奏响。似乎是在回想曲谱，又似乎是在思索着音乐的意义，大师站在那里什么都不说，什么也没有做。他沉默了很长时间，然后，把琴从肩上又拿下来，深深地叹了口气，走下了台，回到了自己的座位上。

众人不明白发生了什么事情，大家议论纷纷，是不是大师有了新的想法？他为什么要这么做呢？不解的人们向他投去了询问的目光。他站了起来，微笑着说："你们知道吧，他拉得太好了，我没有资格指导他。最起码在刚才的那一曲子上，我的琴声对他只能是一种误导。"

全场静默片刻，然后爆发出一阵热烈的掌声。

掌声代表心声。这掌声是对学生的精湛琴艺的肯定，更是对大师高尚品德的

144

赞颂。因为，这位名声显赫的演奏家并不担心在大庭广众之下表扬学生的高超会无形中降低自己的威信；因为他不仅拥有一流琴艺，而且还拥有博大的胸怀和可贵的谦逊。

秦岭探险

　　秦岭山地是古老的褶皱断层山地，秦岭北部早在4亿年前就已上升为陆地，遭受剥蚀；秦岭南部却淹于海水之中，接受了古生时期的沉积。自古以来，人们就因秦岭割断了关中与蜀和楚的往来，而在秦岭的崇山峻岭中修建了众多的栈道。这里山高林密，生态保持完整。从关中出发，穿越秦岭，横跨中国气候南北分界线，走过中国最大的自然保护区群，踏着羚牛、孤狼的足迹步人无人的苍原……这些都是秦岭探险的意义。

　　让一个站在顶峰的人弯下腰来承认自己技不如人，而且是自己的学生，这是一件多么不可想象的事情。然而大师之所以是大师，并不是因为他的琴技高超，更因为他具有这样广博的胸怀，当他发现自己真的做不到学生那么好的时候，他并没有掩饰，而是坦诚自己做不到。这比让他演奏出更好的音乐更难做到，然而，他却做到了。

成长课堂

　　站在最高的位置，却要坦然承认自己的不足，一个大师的成就不仅仅是因为他的琴技高人一等，更来自于他如此高洁的品质，他的正直坦荡获得的尊敬，远远超出了他靠琴技获得的掌声。

男子汉宣言

　　承认自己的不足，其实也是一种圆满！

5 美元的诱惑

农场主汤普森的小店里有很多寄宿的人。哈利的妈妈每周都给他们代洗衣物，报酬仅5美元。一个周六晚上，小哈利像往常一样去那儿替妈妈领钱，他在马厩里遇到了这位农场主。

显然他正处于气头上。那些总和他讨价还价的马贩子激怒了他，令他火冒三丈。他手里的钱包打开了，被钞票塞得鼓鼓的。当小哈利向他要钱时，他没有像从前那样训斥他打扰了正在忙碌的他，而是马上将一张钞票递给了小哈利。

小哈利暗暗高兴自己这次比往常轻易地逃过了这一关，他急忙走出马厩。到了路上，小哈利停下来，拿针将钱小心翼翼地别在围巾的褶皱里。这时，他看到汤普森给了他两张钞票，而不是一张！他往四周望了望，发现附近没有人看到他。他的第一反应，是为得到了这笔飞来横财而兴奋不已。

"这全是我的了。"他心想，"我要买一件新的斗篷送给妈妈，妈妈就能把她那件旧的给玛丽姐姐了；这样，明年冬天玛丽就能同我一块儿去上学了；说不定还可以给弟弟汤姆买双新鞋呢。"

过了一会儿，他又认为这笔钱一定是汤普森在给他时拿错了，他没有权利使用它。正当他这样想时，一个充满诱惑的声音说："这是他给你的，你又怎么知道他不是想要把它作为礼物送给你呢？拿去吧，他绝对不会知道的。就算是他弄错了，他那大钱包里有那么多张5元钞票，他也绝不会注意到的。"

他一边往家走，一边进行着激烈地思想斗争。他一路上都在思考着是拿这笔钱买享受重要呢，还是诚实重要。

他经过家门前那座小桥时，他想起到了妈妈平时的教诲："你想要人家怎样对你，你就得怎样对人家。"

小哈利猛地转过身，向回跑去。他跑得很快，快得让他差点连气都喘不过来了，仿佛是在逃离什么无形的危险。就这样，他径直跑回了农场主汤普森的店门口。

汤普森注视着眼前这个小男孩儿，他从口袋里取出1先令递给了小哈利。

茶马古道探险

茶马古道是"连接川滇藏，延伸人不丹、斯里兰卡、尼泊尔、印度境内，直到抵达西亚、西非红海岸"的古代贸易通道。形成于汉藏民族"茶马互市"的贸易往来，积淀着唐代以来近2000年的历史。茶马故道是古代联系云南与西藏的一条通道，在历史的演化中曾经拥有辉煌的一页，然而时过境迁，今日的茶马故道只剩下众多的遗址和古迹。滇藏复杂的地形，曲折的历史，为茶马故道的探索带来不小的困难。

"不，谢谢你，先生。"小哈利说，"我不能仅仅因为做了件正确的事就得到报酬。我唯一希望的是，你不要把我看成是一个不诚实的人，因为那对我来说的确是个巨大的诱惑。先生，如果你曾看到过自己最爱的人连寻常的生活用品都买不起的话，你就能知道，要时刻做到对待别人就像希望别人如何对待自己一样，这对我来说是多么的困难。"

倘若你想人家怎样待你，你就应以那样的方式对待人家。为此，我们一定要努力抵制住各种可能给别人带来损失的诱惑。

对于一个缺少钱的家庭来说，5美元的诱惑是巨大的，然而在巨大的诱惑面前，还要保持自己的品质。这对于一个只有几岁的孩子来说真的是一次大考验，然而让我们高兴的是小哈利做到了，他的正直坦荡让他获得了所有人的尊敬，也必将在以后的生活中获得更大的成功。

男子汉宣言

对待别人就像希望别人如何对待自己一样，所以我要做一个正直的人。

伟人的 笔误 与 身高

　　有一天，《巴黎时报》记者采访了拿破仑之后，写下一篇人物通讯。其中有这么一句："他矮矮的身材似乎变得高大起来。"

　　稿子送到通讯组组长手里，他斟酌良久，提笔删掉"矮矮"两个字，变成了"他的身材似乎变得高大起来"。稿子又送到报社总编手里，他深思半晌，挥笔改成"他身材高大"。

　　稿子见报后，记者提出抗议："你们歪曲了事实！"通讯组长理直气壮地说："我在你原稿的基础上删掉几个字，使之更加精练了，怎么是歪曲事实？"总编辩解道："我不但没有歪曲事实，恰恰相反，是正视事实——正视拿破仑是皇帝这个事实！"

　　拿破仑本人看了报纸的通讯后，把记者找去问道："你怎么把我写成'身材高大'呢？应该按照我本来的面貌写嘛！"

　　记者摊开双手说："陛下，按你本来的面貌来写，眼下根本不可能！"

　　"那什么时候才可能呢？"

　　"等你下台以后，陛下。"

　　阿谀奉承就像世界通行的货币。这里还有一个斯大林笔误的故事，与拿破仑身高的故事很相似。

斯大林曾对高尔基的《姑娘与死神》一书写过这样的批语："这本书写得比歌德的《浮士德》还要强有力。爱情战胜死亡。"批语上落有"约·斯大林"的签名。

智者千虑，难免一失。这一批语中"爱情"一词的俄文拼写少了末尾的一个字母。于是，冒出两位自以为是的学者在报纸上撰文，论证为什么"爱情"的拼写会少一个字母。他俩盲目武断标新立异地说："世界上存在着腐朽没落的资产阶级爱情以及新生健康的无产阶级爱情，两种爱情截然不同，拼写岂能一样？"

这篇文章的清样出来后，编辑为了防止万一，觉得还是让斯大林亲自过目一下稳妥。

斯大林看了以后，又写了一个批语：

"笨蛋，此系笔误！约·斯大林。"

身为伟人的拿破仑和斯大林能承认自己的缺点，是极其难能可贵的，因为爱听好话是人根深蒂固的本性。人常把对自己赞美的声音视为最悦耳的声音，何况他们整天就生活在无休止的赞美声中。人的眼睛长于察别人，却短于察自己。有时候，似乎也有人讨厌奉承，但那常常是讨厌奉承的方式。人既贵有自知之明，又难有自知之明。

诌媚虽没有牙齿，但乐于接受的人连骨头都会被啃光。身处高位的人，往往会忽视自己身上的短处，给那些阿谀者提供契机。而拿破仑和斯大林用自己的正直拒绝了那些阿谀奉承的人们，成就了自己的光辉与伟大。

坦然面对自己的不足，不被那些虚伪的粉饰蒙蔽眼睛。

面对 毁谤

谁人背后无人说，哪个人前不说人？不可否认，毁谤是古往今来人世间普遍存在的现象。面对毁谤，就像面对日常生活中的镜子，可以照出一个人的境界。

武则天掌管天下的时候，狄仁杰任豫州刺史。他办事公平，执法严明，受到当地百姓的交口称赞。于是，武则天把他调回京城，升任宰相。

有一天，武则天对狄仁杰说："听说你在豫州任职的时候，名声很好，政绩也很突出，但有人揭你的短，说你的坏话，你想知道此人是谁吗？"

狄仁杰回答道："人家说我的不好，如果确实是我的过错，我愿意改正；如果陛下已经弄清楚不是我的过错，这是我的幸运。至于是谁在背后说我的不是，我不想知道，这样大家可以相处得更好些。"

武则天听后，觉得狄仁杰气量大，胸襟宽，很有政治家风度，更加赏识他，敬重他，尊称他为"国老"，还赠给他紫袍金带，并亲自在袍上绣了12个金字，以表彰他的功绩。狄仁杰可以算得上武则天执政时期的一位著名的宰相。

后来，狄仁杰因病去世，武则天流着泪说："上天过早地夺去了我的国老，使我朝廷里再没有像他那样的人才了。"

问心无愧的人无须为自己洗刷。狄仁杰的处世之道，可资借鉴。

无独有偶。北宋时有个读书人，叫吕蒙正。他知识渊博，修养很好，后来不但考中状元，而且在多年之后担任了参知政事的职务，相当于宰相的地位。

有一天，吕蒙正与同僚们走入皇宫，快要上朝的时候，听见有个官员在其背后指着他愤愤不平地对别人说："这小子也能当参知政事吗？！"

吕蒙正假装没有听见，但是和吕蒙正一起上朝的朋友个个心中不平，想要去追查究竟。

吕蒙正急忙摇手制止了他们，并对他们说："算了，那人说我的坏话，对我又有什么损失呢？可是，如果我执意要去查看，知道了谁在说我的坏话，那我就会永远记住他的姓名，扰乱了我宁静的心灵。就算惩处了他，对我又有何好处呢？所以，我宁可不知道，也不去查问是谁在暗地里说我的坏话。"

看来，毁谤他人有术，也有效，然而有限，所以靠毁谤成大事者，自古没有。而那些经常毁谤别人的人，却在不知不觉中毁谤了自己。

面对毁谤，不必太在意。如果一个人的活动总是以周围的舆论为转移，那么，他就什么事情也做不成。

面对毁谤，尽量多远离。经常议论别人的短处，只会使一个人变得心胸狭窄，变得情趣低下，变得多疑和无聊。

成长课堂

一个人要战胜闲言与毁谤，大多可以不采取针锋相对、寸步不让的办法，不卑不亢、我行我素、问心无愧反倒是个好办法。用意大利诗人但丁的话来说，就是"走自己的路，让别人去说吧！"

男子汉宣言

在毁谤面前有效的反击，就是不去理会，做好自己。

男子汉 训练营

读了这么多精彩的故事，和故事中的主人公比起来，你觉得自己能成为一个正直坦荡的小·男子汉吗？不妨来训练营锻炼一下自己吧！

受益匪浅 的一次调查

大学毕业前夕，洛克菲勒去一家服装公司的市场推广部应聘市场调研员。接下来的笔试、面试他都顺利过关。最后一关是实践测试，公司发给经层层筛选而剩下的10个人每人10份调查表，给一个星期的时间去搞调查。调查表的内容设计得非常详细，细到让人不耐烦的地步，被调查的销售负责人一翻那份厚达七八页的调查表，就直皱眉头，大都以"实在太忙"、"最近没空"予以婉拒。这样，辛辛苦苦地跑了3天，也只做好了两份调查表。那位女经理好心地对洛克菲勒说："小伙子，我给你把调查表盖好章，数据你回去自己填，反正也没人知道。"

你知道在这样的情况下，洛克菲勒是如何做的吗？

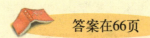

答案在66页

《一个傻子能做什么》答案：

他记住了老人的话，永远不要看低自己。半年后，他得到了一份替人整建园圃、修剪花草的活儿。他异常珍惜这个机会，凡经他修剪的花草都异常繁茂美丽。他也开始经常替人出主意，帮助人们把门前那点有限的空隙因地制宜精心装点，经他布设的花圃无不令人赏心悦目。一年一年，他不断地为人们设计着花圃园林，他的名字也开始蜚声世界，成为加拿大著名的风景园艺家。

第九章

心中有爱是男子汉应有的人生态度

● 以前的我

我和小朋友在小巷中做游戏。

流浪狗没有主人，不管它。

小朋友在追打流浪狗，我看到也不理会。

● 现在的我

我制止小朋友们伤害小动物的行为。

我和小伙伴们带着食物喂给这些小动物。

以前的我

星期天,我和妈妈一起上街。

好脏啊,离我远一些。

路上遇到了乞丐,我绕着走。

现在的我

遇到年老体弱的乞丐,我把妈妈给我买零食的钱送给他们买饭吃。

妈妈和我开心地走了。

以前的我

老师告诉大家同学生了很严重的病。

他又不是我的好朋友，为什么要帮他。

同学住院了，大家都为他捐款而我不乐意捐。

现在的我

我将自己的储蓄罐打破了，取出零用钱。

我很愿意为同学捐款。

以前的我

放学路上，我和小伙伴边走边玩。

就算帮助了她，老师也不会表扬我。

邻居老奶奶吃力地提着一篮子菜，我远远地走开。

现在的我

我帮邻居老奶奶提菜。

老奶奶非常感谢我，让我去她家里玩。

我的成长计划书

心中有爱是男子汉应有的人生态度

以前的我，看到小动物总是躲得远远的，因为觉得它们很吵闹，就算有人欺负它们我也不会介意；看见那些乞丐、老人，也总是装作没看见……但是现在，我慢慢认识到，作为一个有爱心的男子汉，要对身边的每一件事物都充满关怀和爱护。那些处于弱势的人和事物都需要我们去关心，只有真诚地奉献出自己的爱心才可以让这个世界变得更加温暖。

1. 我再也不欺负小狗了。

2. 不能抢弟弟的玩具和零食，我要爱护他。

3. 还有很多的小朋友读不到书，我要把自己的课外书捐出去一部分。

4. 我可以拿家里的剩菜去送给楼下的流浪猫享用。

5. 班上有一个残疾的同学，我一定要多多帮助他。

6. 学校号召我们为灾区捐款，我不能吝啬，要奉献出自己的爱心。

杰克的 圣诞橘子

　　9岁的杰克长着一头乱七八糟的褐色头发和一双天使般明亮的蓝眼睛。杰克从记事起就一直住在一所贫困的孤儿院里。孤儿院的物质非常匮乏，唯一的经济和物质来源就是艰难地、持续不断地由这个城市里的居民们募捐。

　　孤儿院里的食物很少，不过，虽然孩子们平时总是饥一顿饱一顿的，但是每到圣诞节来临的时候，那里似乎总是有比平时多一点的食物可以吃，孤儿们似乎也比平时要居住得暖和一点儿。最重要的是，这时候，那里有圣

158

诞节的橘子。

圣诞节是一年中唯一一个提供这种精美食品的时候，每一个孩子把它当做珍宝一样看待，好像在这个世界，再也没有什么食物比它更好吃了。因此，可以想象得出，当杰克收到他的橘子时，他将会感到多么巨大的喜悦啊。可是，在圣诞节的前一天，杰克不知道在哪里踩了一鞋子的湿泥，而他自己一点儿也不知道。他从孤儿院的前门走进去，在新编的地毯上留下了一长串带着泥痕迹的脚印。等到他发觉的时候，一切都已经太晚了。惩罚是不可避免的，而惩罚的内容却是出人意料的无情，杰克将得不到他的圣诞橘子！

杰克含着眼泪恳求原谅，并且许诺以后再也不会把泥土带进孤儿院里来，但是没有用处。那天夜里，杰克趴在他的枕头上整整哭了一夜。在圣诞节那天，他感觉内心空虚而又孤独。他觉得别的孩子们不想和一个被处以这样一种残酷的惩罚的孩子在一起。唯一一个快乐的日子。那一整天，杰克一直孤独地待在楼上那冰凉的卧室里。他像一只受冻的小狗一样蜷缩在他的唯一的一条毯子底下，可怜兮兮地读着一本关于一个家庭被放逐到荒岛上的故事。更糟的是，睡觉的时间到了，杰克却怎么也睡不着。他怎么能够说他的祈祷词呢？他在又凉又硬的地板上跪了下来，轻轻地呜咽着，祈求上帝为他和像他一样的人们结束世间的一切苦难。

当杰克从地板上站起来，爬回到他的床上时，一只柔软的手摸了摸他的肩膀。他吃了一惊，接着，一个东西被轻轻地放在他的双手上。然后，给他东西的那个人什么也没说，就悄无声息地离开了房间，把不知所措的杰克一个人留在了黑暗里。

杰克把手里的东西举到眼前，就着昏暗的灯光，看到它好像是一只橘子！不过，它不是一只又光滑又闪亮、形状规则的普通橘子，而是一只特殊的橘子，一只非常特殊的橘子。在一个用橘皮碎片拼接在一起橘壳里，有9片大小不一的橘子瓣儿。那是为杰克做成的一只完整的橘子！是孤儿院里的其他9个孩子从他们自己珍贵的几瓣橘子中每人捐出了一瓣，组成的一只完整的橘子送给杰克作为圣诞礼物！那一刻，杰克泪如雨下。那是他收到的最漂亮、最美味的一只圣诞橘子。

成长课堂

一只支离破碎又重新拼凑到一起的橘子，包含着孤儿们之间互相的关爱，虽然只是一只普通的橘子，但是却让我们看到了人性中最为闪光的善良。有了这份爱心，孤儿不会觉得寒冷，有了这份爱心，世界也会变得温暖。

男子汉宣言

我们要互相关爱，让寒冷的世界变得温暖。

 爱要付诸行动

在一堂品行课上，教授为学生们讲了一个故事：有个国王，他有三个儿子，他很疼爱他们，每一个儿子看起来都很优秀，他实在不知该传位给谁。

最后，他问三个儿子："你们说，如果我传位给你们，你们将如何对待我呢？"

大儿子说："我要把父王的功德制成帽子，让全国的百姓天天把它戴在头上歌颂你。"

二儿子说："我要把父亲的功德制成鞋子，让普天之下的百姓离不开你，让他们明白，是你在带领着他们，您就是他们的精神领袖。"

三儿子说："我只想把您当做普通的父亲那样，永远放在心里，我要用自己的努力回报您对我的爱。"

最后，国王把王位传给了三儿子。大儿子和二儿子都不明白为什么，难道自己说错了吗？让父王的功德每天都被百姓歌颂，让全天下的人都时刻敬仰着他，这不就是一个皇帝所想要得到的吗？

两位王子并没有错，他们只是忘记了他们的父王不仅仅是一个皇帝，更是一个父亲，他需要的不是被别人歌颂，而是自己的儿子发自内心对于父亲的热爱。

教授讲完后，说："现在，请记得父母亲生日的同学举起手来。"

举手者寥寥无几。

"现在，寒假里给父母亲洗过脚的同学请举手。"这是他放寒假前布置的一道作业，没有做到的同学将被扣分。

几十双手齐刷刷地举了起来，只有坐在最后一排的一位同学没有举手。

"你是不是把我的话当做耳旁风了？"

教授有点恼怒，"父母养育你们一二十年，你们为他们洗一次脚难道都不应该吗？"

"我很想给父母洗一次脚，可是……"这位学生有点难为情地低下了头，他不知道自己究竟该如何表达才不会惹怒教授，但是他又很不愿意说出自己父母的实情。

"可是什么，你不要给自己找借口！"教授严厉地说。

"他们在一次车祸中失去了双脚，我只能给他们洗头……"实在没有办法，他只好坦诚事情。虽然他的心中装满了对于父母的爱，但是给他们洗脚却是他不可能完成的任务。

空气在那一刻凝固了，教室里静得能听到心跳声。大家都向这位同学投去了感动的目光，虽然他低着头，可是瞬间他的形象却高大起来。

下课前，教授意味深长地说："同学们，请记住，爱的位置不在嘴里，不在头上，不在脚下，只在心中，在我们时刻关爱他人的细小行动中。"

一个心中有爱的人，才会得到生活的馈赠。

成长课堂

爱是要付诸行动的，只表现在口头上不行，藏在心里更不行。爱要用行动表现出来，让对方真正感受得到。爱不能单独存在，因为爱本身毫无意义。只有当我们付诸行动时，才会感受爱、获得爱。

男子汉宣言

爱不能只挂在嘴边，要付诸行动去体会。

不会减少的钱

暑假终于到了，约翰迫不及待地往家乡赶，他要去看望奶奶。奶奶是德国人，爷爷是美国人，他们在一起幸福地生活了大半个辈子。奶奶不懂英语，只会说德语，除了爷爷和家人，她不愿意跟别人交流。更糟糕的是，她患有白内障，视力非常差。去年，爷爷去世了，奶奶不愿意离开他们共同生活过的地方。约翰和父母都放心不下奶奶，他们不知道，孤单的奶奶将来该如何生活。给爷爷办完丧事，约翰父母临走时给奶奶留下了一个可以异地存款的存折和100美元现金。

看到孙子，奶奶非常高兴，她挎上菜篮子说："我去买你最爱吃的鳕鱼。"然后她去了窗台，约翰看到窗台上放了一大把钱，有零有整，奶奶把钱全部拿在手里就出去了。

"钱怎么能放在窗台上呢？只要窗子一开，路人随手就能拿走。"等奶奶回来，他就让奶奶把钱放到电视柜上面。奶奶说："没必要，我这一年还从没丢过钱呢。"但她还是采纳了孙子的建议。

第二天，奶奶买了东西回来，还是顺手把钱丢在了窗台上，约翰再次帮她收拾好了。第三天，奶奶依然如故。约翰再次从窗台上把奶奶买东西找回的钱放到了电视柜上，并顺便把那些钱整理了一下。在整理的时候，他发现了一个奇怪的现象：奶奶的钱增加了。他记得第一次整理的时候是368美

元，可现在3天过去了，奶奶买了不少东西，钱数却变成了405美元。

难道奶奶口袋里还有钱？晚上，约翰接到了爸爸的电话。爸爸说，他前几天查了一下奶奶的账户，发现奶奶从没取过他们存的钱。约翰把疑问说了一遍，奶奶茫然地看着那沓钱说："我也不知道是怎么回事，我不会从银行取钱。我也不认识美元，我不知道那是多少？"

约翰不明白的是，奶奶是怎么用钱买东西的。奶奶说："我每次买东西时总是把手里的钱全部给卖东西的人，让他们自己拿钱和找钱，我想别人是不会坑我这个老太太的。"约翰感到很可笑。他决定跟踪奶奶一次，看她究竟是怎么买东西的。第二天，约翰悄悄地跟在奶奶后面。果然，奶奶买水果时，一下子把钱全拿出来，让卖水果的人自己拿钱。约翰发现卖水果的人从奶奶手里拿出了一张10美元的钞票，却放回了两张5美元的，他等于没收奶奶的钱！接下来，他看到的情况都差不多，有不收奶奶钱的，还有多找奶奶钱的……

约翰的眼睛湿润了。他明白了，这都是小镇上的人们在帮助无依无靠的奶奶！约翰找到了镇长，感谢小镇一年来对奶奶无声的照顾。镇长说："其实，不是我们在帮她，而是她在帮我们，小镇上原来也有坑蒙拐骗现象，自从碰到对人没有丝毫防备的约翰太太后，这种现象就没有了。我们应该感谢你奶奶才对啊！"

成长课堂

一个不认识钱且对别人充满了信任的人，点燃了所有人心中那盏善良的灯，他们为老人提供了无私的帮助，让她并不会因为不认识钱而受到欺骗，反而感受到了周围人给予的温暖。这就是爱的力量，它不会让我们损失，反而让我们得到了更多的爱。

男子汉宣言

用一双充满爱的眼睛去看世界，就会发现更多的爱。

盖奇的

圣诞礼物

爱德华先生订了好几份报纸，以便每天早晨可以浏览到最新的金融信息。送报的是一个十来岁的小男孩儿。每天清晨，他骑单车飞快地沿街而来，从帆布背袋里抽出卷成筒的报纸，投到爱德华先生的门廊下，再飞快地骑着车离开。

一个周末的晚上，爱德华先生回家时，看见那个报童正沿街寻找什么。他停下车，好奇地问："嘿，孩子，找什么呢？"报童微微一笑，回答说："我丢了5美元，先生。"

一种怜悯心促使爱德华先生下了车，他掏出一张5美元的钞票递给小男孩儿说："好了孩子，你可以回家了。"报童惊讶地望着爱德华先生，并没伸手接这张钞票。爱德华先生想了想说："算是我借给你的，明早送报时你给我写一张借据，好吗？"报童终于接过了钱。

第二天，报童果然在送报时交给爱德华先生一张借据，上面的签名是盖奇。其实，爱德华先生一点儿都不在乎这张借据，不过他倒是关心小盖奇急着用5美元干什么。"买个圣诞天使送给我妹妹，先生。"盖奇自豪地告诉他。

孩子的话提醒了爱德华先生，再过一星期就是圣诞节了。晚上，一家人好不容易聚在一起吃饭时，爱德华先生宣布道："下星期，我恐怕不能和你们一起过圣诞节了。不过，我已经交代秘书在你们每个人的户头里额外存了一笔钱，随便买点什么吧，就算是我送给你们的圣诞礼物。"

饭桌上并没有出现他期望的热烈，家人只淡淡地说了一句礼貌的"谢谢"。爱德华先生心里很不是滋味。

星期一早晨，盖奇照例来送报，爱德华先生破例走到门外与他攀谈："你准备送妹妹的圣诞天使买好了吗？花了多少钱？"

盖奇回答道："一共48美分，先生。我昨天先在跳蚤市场用40美分买下一个旧芭比娃娃，再花8美分买了一些白色纱绸和丝线。我同学拉瑞的妈妈是个裁缝，她愿意帮忙把那个旧娃娃改成一个穿漂亮纱裙长着翅膀的小天使。要知道，那个圣诞天使完全是按童话书里描述的样子做成的——那是我妹妹最喜欢的一本童话书。"

盖奇的话深深触动了爱德华先生，他感慨道："你多幸运，48美分的礼物就能换得妹妹的欢喜。可是我呢，即使付出比这多得多的钱，得到的不过是一些言不由衷的客套话。"

盖奇眨眨眼睛说："也许是他们没有得到所希望的礼物？"爱德华先生皱皱眉关，不解地说道："我给了他们很多钱，难道还不够吗？"盖奇摇头说："先生，圣诞礼物其实不一定要花很多钱，而是要花一些心思。"

爱德华先生站在门口沉思好久才转身进屋。早餐已经摆好了，妻子儿女们正等着他。他没有像平时那样自顾自地边喝牛奶边看报纸，而是笑着对大家说："告诉你们，我已经决定取消去加拿大的计划，我要留在家里和你们一起过圣诞节。现在，请你们告诉我，你们最希望得到什么样的圣诞礼物呢？"

他的话刚说完，全家人都露出了惊喜的欢呼，他的女儿甚至带着怀疑的表情问他："爸爸，你说的是真的吗？"

- -

 成长课堂

　　送给别人的礼物其实不一定要花很多钱，而是要花一些心思，只有用心准备的礼物才会获得别人的开心。爱其实并不在于你馈赠了多少礼物和金钱，而是在于你馈赠了多少在意和用心。

 **男子汉宣言**

　　我要用心准备送给别人的生日礼物，让他们感受到我的爱！

167

读了这么多精彩的故事，和故事中的主人公比起来，你觉得自己能成为一个充满爱心的小男子汉吗？不妨来训练营锻炼一下自己吧！

传递一串甜美的 葡 萄

一天，修道院的大门被叫开，看门人巴拉甘惊喜地看到，旁边果园的一个果农给他送来一大串晶莹剔透的葡萄。看门人对如此情意浓厚的礼物表示感谢，他把葡萄洗净，得意地望着它。忽然，他想起修道院里的一个病人最近得病什么也不想吃，便决定把这好吃的葡萄送给他。看门人把葡萄送到虚弱的病人床前，病人睁开双眼惊喜地看着葡萄。病人拿起葡萄，又想起应该把它送给对自己倾注了大量心血，整日整夜地为他操劳的护士，以慰藉自己的灵魂。护士坚持让病人吃，但是越坚持，病人越是拒绝。护士感谢病人送给她如此诱人的礼物，不得已便把葡萄带走。

你能想到之后发生的故事吗？

答案在44页

答案在44页

《1849次拒绝》答案：

史泰龙咬紧牙关开始了他第四轮的拜访，这回，第351家电影公司的老板破天荒地愿意让他留下剧本先看一看。几天后，对方打来电话，请他前去详细商谈。就在这次商谈中，这家公司决定投资开拍这部电影，并请这位年轻人担任剧中的男主角。这部电影名叫《洛奇》。这部仅用了一个月就拍完的电影共赚得2亿2500万美元的票房收入，并获得了当年的奥斯卡最佳影片和最佳导演奖。史泰龙本人也获得最佳男主角和剧本的提名，一举奠定了他在好莱坞的地位。

第十章
勇于创新是男子汉前进的动力

◀ 以前的我

老师布置的数学题与上课时讲的很相似。

> 方法不多，够用就行。

我一直用同一种方法解题。

◀ 现在的我

我努力寻找不同的解题方法。

看着写着多种解法的作业本，我开心极了。

◀ 以前的我

我目不转睛地盯着魔术师。

好看就够了，我又不想做魔术师。

小魔术很神奇，但我也不去问为什么。

◀ 现在的我

我发现了这个魔术的秘密所在。

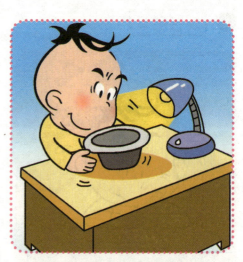

我自己动手变了魔术。

◀ 以前的我

咕噜，咕噜~

我一口气喝掉了一瓶饮料。

虽然有点可惜，可是又没什么用处。

用过的饮料瓶，我随手扔掉了。

◀ 现在的我

我试着用饮料瓶做些小东西。

我将饮料瓶做成了烟灰缸。

以前的我

妈妈让我做一个城堡模型。

看着书来做，最保险了。

我严格遵循书上教的做手工方法。

现在的我

我抛开书本，自己钻研模型做法。

我用新的方法做出了手工艺品。

我的成长计划书

勇于创新是男子汉前进的动力

　　我的作业从来都是最规范的，因为我的解题方法都是书上所教的最经典的方法，可是老师却说李强的作业最优秀，为什么呢？我仔细看了看，原来李强不仅用书本上教的方法解题，而且还自己去琢磨了好几种不同的解题方法，把我们所学的很多知识都用到了，难怪老师表扬他聪明创新呢！从现在起，我也要积极动脑，让自己的创新思维活跃起来，做一个勇于创新的男子汉。

1. 解题方法不墨守成规，方式越多越好，我要勤思索。

2. 从家到学校的路，我也可以多尝试几种方法和路线，看哪一种路线最省时间。

3. 看到故事中的聪明办法，我也要问问自己：如果主人公是我，我有什么办法？

4. 多看智力问答的书籍，对于提高我的创新性思维有帮助。

5. 家里有很多废弃的塑料瓶子，我要想想怎么才能废物利用。

把咖喱粉撒在富士山上

日本有一家SB公司，主要生产咖喱粉。有一段时间，这家公司的产品滞销，堆在仓库里面卖不出去，眼看就要破产了。可是一切手段都施展出来之后，公司的销售量还是没有上去。公司的经理一个个都"下了课"，连续换了三任经理。受命于危难之际的第四任经理田中走马上任，可是还是没有好办法。

大家都清楚，公司的产品卖不出去的原因是顾客对SB公司的牌子很陌生，很难注意到有这种产品。由于没有足够的资金，大量做广告是不现实的，但是，如果不拼死一搏去做广告，那也无异于坐以待毙。

做广告，做广告，做什么广告呢？一天，田中经理正在办公室里翻报纸，一条新闻吸引住了他。这条新闻说：有家酒店的工人罢工，媒体进行了追踪报道，罢工问题圆满解决，酒店恢复营业，原先不景气的生意现在变得异常兴隆。

田中看着看着，眼里突然冒出了金星，大脑里突然有了主意：这家酒店之所以生意兴盛，就是因为新闻媒体无意之中给炒起来的……SB公司为什么不可以利用这种虚招进行一番自我宣传呢？

几天之后，日本的几家大报，如《读卖新闻》《朝日新闻》等刊登出了这样一则广告：

SB公司专门生产优质的咖喱粉，为了提高产品的知名度，今决定雇数架直升飞机到白雪皑皑的富士山撒咖喱粉，富士山将只能看到咖喱粉的颜色了。

这是一条令全日本人都感到震惊的消息。在日本，富士山是一大名胜，不仅在日本人心目中，在世界人的心目中，富士山都是日本的象征。在这样神圣的地方，居然有公司胆敢撒咖喱粉？

SB公司的广告刚刚刊出，国内舆论一片哗然。很多人都知道SB公司在故弄玄虚，但是对如此的言词仍然难以忍受，纷纷指责SB公司。本来名不见经传的SB公司，连续好多天在报纸、电视、电台等各种新闻媒体上成为大家攻击的对象。有的人甚至放出话来，如果SB公司胆敢如此放肆，我们一定叫他倒闭！

在一片舆论的声讨声中，SB公司名声大振。临近SB公司广告中所说的在富士山撒咖喱粉的日子前一天，原先发表过SB公司广告的报纸都刊登出了SB公司的郑重声明：鉴于社会各界的强烈反应，本公司决定取消原来在富士山顶撒咖喱粉的计划。

反对的人们欢庆自己的胜利，田中和SB公司的员工们也在欢庆他们的胜利。田中经理的一招妙棋救活了一家公司。目前这家公司的产品在日本国内市场占有率高达50%。当然，这样的招数不应该经常使用，并且，如果一旦使用，就必须把假戏做得比真的还要真，否则就会弄巧成拙。

 成长课堂

巧妙地利用人们的注意力，把自己所要表达的目的深深隐藏在广告的后面，但是最后的结果却完全达到了广告预期效果。不明真相的人们在庆祝自己的胜利，而聪明的商人也在庆祝自己的胜利，这真是一个创新的典范啊。

 **男子汉宣言**

我要充分发挥创新思维，让自己取得意想不到的成绩。

175

妙用失误

有一次，古埃及国王胡夫举行盛大的国宴，厨工们忙得团团转。一名小厨工不慎将刚炼好的一盆羊油打翻在灶边，吓得他急急忙忙用手把混有羊油的炭灰一把一把地捧起来扔到外边去。扔完后赶紧洗手，手上竟出现滑溜溜、黏糊糊的东西，而且洗后的手特别干净。

小厨工发现这个秘密后，便悄悄地把扔掉的羊油炭灰捡回来，供大家使用，结果每个厨工都洗得又白又净。

后来，国王胡夫发现厨工们的手和脸洁白干净，没有了以往的油垢，便盘问起来。小厨工如实道出了原委。国王胡夫试后赞不绝口。很快，这个发现便在埃及全国推广开来，并传到了希腊和罗马。在这个发现的基础上，人们研制出了流行世界的肥皂。

1885年，亚特兰大市一个名叫潘伯顿的业余药剂师以柯拉树叶和柯拉树籽为基本原料，经过多次的试验，制成了一种具有兴奋作用的健脑药汁。这便是美国最初上市的可口可乐。但可口可乐的销量很低，潘伯顿也非常焦急。

有一天，一位头痛难忍的病人请求服用健脑药汁。店员在配药时，本应向瓶内注入自来水，实际上却误注了苏打水。病人一饮而尽。待店员醒悟过来感到束手无策之时，病人的头痛却止住了。店员禁不住连声称"妙"。

潘伯顿颇受启发，立即往健脑药汁中加入一定量的苏打水，并在"包治神经百病"的广告旁边，添上了"芳醇可口、益气壮神"等赞

语。可口可乐奇迹般地从一种药剂，摇身一变而成为风行世界的上等饮料，销量与日俱增。

有一个德国工人，在生产书写纸时不小心弄错了配方，生产出一大批不能书写的废纸。他被扣工资、罚奖金，最后还遭到解雇。正当他灰心丧气的时候，他的一个朋友提醒他，让他仔细想一想，能否从失误中找到有用的东西。于是，他很快认识到，这批纸虽然不能做书写用纸，但是吸水性能相当好，可用来吸干器具上的水。于是，他将这批纸切成小块，取名"吸水纸"，投到市场后，相当抢手。后来，他申请了专利，成了大富翁。

在探索和创新的道路上，失误是不可能避免的。只有什么也不干的人，才不会有失误。经一番挫折，长一番见识。失误是特殊的教育，是宝贵的经验，是正确的先导，是通往成功的阶梯。这些，早已成为人们的共识。此外，失误还有容易被忽视和特别值得强调的意义：失误的结果，并不都是废物或恶果；有些失误的结果，是歪打正着可以妙用的宝贝。道理很简单，有些宝贝放错了地方，也就成了废物；有些废物放对了地方，也会成为宝贝。

成长课堂

失误是获取成功的必经之路，当我们面对失误时，要善于从中发现契机，找到通往成功的正确道路。而在探索的过程中，我们更要一直保持勇于发现、勇于创新的精神，这样才能从失误中获得成功。

在失误中发现机遇的人，才真正算是智慧的人。

 铜牌 的"诱惑"

有一年，美国的芝加哥市举办世界博览会，世界各大厂家都将产品送去陈列。美国一家赫赫有名的罐头食品公司经理汉斯先生，理所当然要带着自己公司的罐头和食品去参加这次博览会。可是令他失望的是，博览会工作人员只安排给他一个会场中最偏僻的阁楼。

这个位置，首先不是很好找，再一点，就算是看到了这个阁楼，想要进去还要爬楼梯，走很多的路，这让顾客们的参观热情顿减。博览会开始以后，前来参观的人络绎不绝，拥挤异常。但是，到汉斯先生的小阁楼参观的却稀稀拉拉，没有几个人。为此，汉斯感到不是滋味，苦苦地思考着。

展览会开幕不久，会场中出现了一个新奇的小玩意儿。前来参观的人常常会从地上拾到一些小小的铜牌，上面刻着一行字："拾到这块铜牌，就可以拿它到阁楼上的汉斯食品公司领取纪念品。"

数千块小铜牌陆续在会场上被发现，不久，汉斯那个无人问津的阁楼，便被来人拥得水泄不通，会场的主持人怕阁楼会崩塌，不得不请木匠设计加固。从那天起，汉斯的阁楼成了博览会的"名胜"，参观者无不争先前往，即使没有捡到铜牌的人，也要去"观光"一番。

不用说，汉斯先生的这招是够绝的，当他坐在自己的阁楼里孤独地等待顾客光临的时候，他忽然觉得自己很愚蠢。为什么要坐在这里等而不是主动出击呢？但是要用什么方法才能让顾客上门呢？大减价？发广告？这些都是吸引顾客上门的办法，但是汉斯先生认为它都不适用自己。

当他来到阁楼外的时候，忽然发现了门口展板上画着的一块儿小铜牌，很多人看到这个醒目的铜牌，对它发

泸沽湖女儿国探险

泸沽湖位于云南省宁蒗县永宁乡与四川省盐源县左所乡之间，距宁蒗县城76公里。当地摩梭人称为谢纳米，意为母海，因湖的形状如曲颈葫芦，故名泸沽湖。泸沽湖是由断层陷落而形成的高原湖泊，水面海拔为5685米，是云南海拔最高的湖泊，湖水平均深度40余米，最深处达73.2米，仅次于抚仙湖，位居全省第二位。整个湖泊状如马蹄，南北长而东西窄。这里地处偏僻，交通不便，自然环境破坏较小，水质洁净。

表着评论。汉斯先生的脑海中忽然灵光一闪，他想到了一个绝妙的办法，那就是用印制的这些小铜牌来吸引大家的目光，然后让它引导着顾客主动来到自己的阁楼。

想好以后他马上行动，印制了很多的铜牌图纸，然后把他们散落在展厅的各个角落，让人们可以很快地注意到它，然后阅读到上面的提示，根据这些提示再加上纪念品的诱惑，顾客们就好像鱼儿一样主动游到了他的阁楼。

这一绝招使汉斯先生转败为胜，净赚50余万美元，打了一个漂亮的翻身仗。

成长课堂

不是认输，也不是哀叹环境对自己的不利，动用自己聪明的大脑细致观察，用创新的思维去看待，机会就会悄悄跑到你的面前，为你排忧解难。一个小小的铜牌带来了巨大的客流，也带来了丰厚的效益，而真正帮助到他的却不是铜牌，恰好是他那创意非凡的头脑。

男子汉宣言

仔细抓住身边的每一个小细节，寻找非凡的创意，我就可以改变困境。

"圆角牙刷"的诞生

加藤信三是日本狮王牙刷公司的小职员。作为一个小职员，尽管他前一天夜里加班，很晚才回家休息；尽管他头晕目眩，想好好地睡上一觉，但是，他必须马上起床，赶到公司去上早班，可是他的收入还是"尴尬"得很。

一天早晨他起床后，匆匆忙忙地洗脸、刷牙，不料，急中出乱，牙龈一下子就被刷出了血！加藤信三不由火冒三丈，因为牙刷已经不止一次把他的牙龈弄出血了。

他就这样怀着坏心情出了家门：一个牙刷公司的职员，多次被牙刷弄出了血。他的不满情绪越来越大了，怒气冲冲地朝公司走去，准备向有关技术部门发一通牢骚。

快进公司大门时，他的脚步渐渐地放慢了。他曾经参加过公司组织的管理科学学习班，他记住这样一句名言："当你遇有不满情绪的时候，要认识到正有无穷无尽新的天地等待你去开发！"

他冷静下来了，和同事们想出了不少解决问题的好办法：改变刷毛的质地、改造牙刷的造型、重新设计刷毛的排列等，经过认真论证，逐一进行试验。

在试验中，加藤发现了一个为常人所忽略的细节：在放大镜下，牙刷毛的顶端由于机器切割都呈锐利的直角。这样锐利的角度对于肉眼来说也许不算什么，因为很多人都看不出来。但是对于我们娇嫩的口腔牙床来说，这却是一个"杀手"一样的危机！因为它们会划破你的牙龈，让你的牙齿大出血。

他想：如果通过一道工序，把这些锐角都锉成圆角，让它变得圆滑，就不会划破我们的牙龈，问题不就完全解决了！加藤信三把自己的想法提出来以后，大家也都觉得很有道理，于是一致同意他的意见。

经过多次试验后，加藤和他的同

事们把成功的方案正式地向公司提出。公司很乐意改进自己的产品，迅速投入资金，把全部牙刷毛的顶端改成了圆角。

改进后的狮王牌牙刷很快受到了广大顾客的欢迎，对公司做

男孩卡片

执着——《阿甘正传》

每次想起阿甘在美国东西海岸之间的奔跑，心里都会止不住的伤感，还有振奋。你相信一个智障儿的成功吗？你相信这世上得到最多的人正是那些不计得失的人吗？阿甘不懂得他不能总跟着一个女人帮她打架，也不懂得一个成年人不该总把妈妈的话挂在嘴边。阿甘什么都不知道，他只知道凭着直觉在路上不停地跑，并且最终他跑到了终点。在1995年的第六十七届奥斯卡金像奖最佳影片的角逐中，影片《阿甘正传》一举获得了最佳影片、最佳男主角、最佳导演、最佳改编剧本、最佳剪辑和最佳视觉效果等六项大奖。

出巨大贡献的加藤从普通职员晋升为科长，这是对他善于思考并创新的奖励。加藤信三并没有辜负这一次提升，他更加努力地工作，为公司提供了很多独到的见解。终于在十几年后，他成为了公司董事长。

成长课堂

遭遇到不满的情绪时，要认识到正有无穷无尽新的天地等待你去开发，也正是无数的新机会在朝你挥手的时候。不让不满情绪占据你的大脑，而用创新的思维、发现的眼睛去观察，改变人生的机会就在那一瞬间出现了。

男子汉宣言

在遭遇不好的情绪时，一定要让自己冷静，去发现新的机会。

只借一美元

一位犹太富豪走进一家银行，到了贷款部前，举止得体地坐下来。

"请问先生，您有什么事情需要我们服务吗？"贷款部经理一边小心地询问，一边打量来者的穿着打扮：名贵的西服，高档的皮鞋，昂贵的手表，还有镶嵌着宝石的领带夹子……显然是一位很有实力和修养的人。

"我想借点钱。"

"完全可以，您想借多少呢？"

"一美元。"

"只借一美元？"贷款部的经理惊愕了。

"我只需要一美元。可以吗？"

"当然，只要有担保，借多少，我们都可以照办。"

"好吧。"犹太人从豪华的皮包里取出一大堆股票、国债、债券等放在桌上，"这些作担保可以吗？"

经理清点了之后说："先生，总共50万美元，作担保足够了。不过，先生，您真的只借一美元吗？"

"是的。"犹太富豪不露声色地回答。

经理干脆地说："好吧，请到那边去办手续吧，年息6%，只要您付出6%的利息，一年后归还，我们就把这些股票、国债、债券等都还给您……"

"谢谢……"犹太富豪办完手续，便从容离去。

一直在一边冷眼旁观的银行行长怎么也想不明白，一个拥有50万美元的人，怎么会跑到银行来借一美元呢？他从后面追了上去，大惑不解地说："对不起，先生，可以问您一个问题吗？"

"你想问什么？"

"我是这家银行的行长，我实在弄不懂，你拥有50万美元的家当，为什么只借一美元呢？要是您想借40万美元的话，我们也会很乐意为您服务的……"

"好吧！既然你非要弄个明白，那我就把实情告诉你。我到这儿来，是想办一件事情，可是随身携带的这些票券很碍事，不方便。我到过几家金库，要租他们的保险箱，租金都很昂贵。我知道贵行的保安很好，所以嘛，就将这些东西以担保的形式寄存在贵行了。由贵行替我保管，我还有什么不放心呢！况且利息很便宜，存一年才不过6美分……"

那些被如何保存自己的财物困扰的人，从来都是把财物看得很重，越是这样反而越是让他们提心吊胆。但是这个犹太人却把思维逆转了过来，他只是把自己的财物看轻，用它们来抵押，这样不仅解决了保存金钱的安全问题，更加免去了自己的很多苦恼。这就是逆向思维的妙用啊！

经商斗智，善谋者胜。一个具有勇于创新思维的商人是成功的，因为在大家都习以为常的世界中，他们也可以发现属于自己的机会，对于他们来说，一个极具创意的思维就是一笔巨大的财富。

让头脑来主宰一切，让我的创新思维来引领一切。

男子汉 训练营

读了这么多精彩的故事，和故事中的主人公比起来，你觉得自己能成为一个勇于创新的小·男子汉吗？不妨来训练营锻炼一下自己吧！

远离噪音的办法

雅克年纪大了，喜欢安静，忍受不了这些噪音，就出去跟孩子们谈判。"孩子们，你们能不能不要在我家门口吵闹？"可是，没有人理他，孩子们继续自己的噪音游戏。

雅克非常生气，但是束手无策。他想了几天，终于想到了一个好办法。

你知道雅克想出什么样的办法来解决这个问题吗？

答案在24页

《与降落伞结缘的卢诺尔曼》答案：

有一个小伙伴说的乘着一把张开的伞就可以飞的话，大大启发了卢诺尔曼。他开始看很多的书，搜集资料。有一次他看到了一篇小说，书中的主人公在一次保卫祖国的战役中被俘虏后，关在一座很高的碉堡里。他想从这碉堡上逃走时，决定把两条被单的角系在一起，形成一个兜，两只手抓住被单的两端，被单可以兜住风，利用风的力量，他缓缓地飘落到地面上了。这个故事给了卢诺尔曼很大的启发。据这个故事，经过反复琢磨，设计制作了第一个可以降落的伞。后来，人们又经过反复试验和改进，制作出了现在的降落伞，它在军事、科学、体育事业等方面得到广泛应用。